Albert Engelhardt – Das blaue Boot

Erzählungen

Albert Engelhardt

Das blaue Boot

Erzählungen

Bibliografische Information der Deutschen Nationalbibliothek:
Die Deutsche Nationalbibliothek verzeichnet diese Publikation in der Deutschen
Nationalbibliografie; detaillierte bibliografische Daten sind im Internet über
http://dnb.dnb.de abrufbar.

© 2021 Albert Engelhardt
Herstellung und Verlag
BoD – Books on Demand, Norderstedt
ISBN: 9783752659887

Inhalt

Aussortiert

ICH BEMERKTE ES ERST NACH GUT ZWEI JAHREN. Und allein, dass diese sechsundzwanzig Monate vergangen waren, ohne dass ich es bemerkt hatte, gab mir zu denken. Die neue Zeit hatte ohne Aufheben begonnen. Zumindest in meinem Kleiderschrank.

Meine Wanderjacke musste ersetzt werden. Die Imprägnierung war dahin. Bereits im vergangenen Spätherbst und vor Ostern war ich bei Regen mit nassen Schultern von meinen Waldspaziergängen zurückgekommen. Auch waren die Ärmel abgestoßen, und der Reißverschluss kostete immer mal wieder Zeit und Nerven. Zwar hatte ich noch einen Anorak, den ich seit vielen Jahren ausschließlich im Dezember und Januar trug. Bei heftigem Schneefall, der in unserer Gegend selten vorkam, und immer wegen des starken Winds auf Langeoog, wo ich seit bald zwanzig Jahren zum Jahreswechsel zwei Wochen verbringe. Doch dieser Anorak taugte nicht für Temperaturen, die mit Mühe auf plus vier oder drei Grad fielen. Die Windjacke, ein dünner Blouson mit *NYC*-Initialen auf der Brust, hatte ich schon seit längerer Zeit nicht mehr getragen. Sie hatte in meinen Vierzigern gute Dienste geleistet. Das galt auch für den beim Kauf sehr teuren langen Mantel. Ein ausgesprochen schönes Stück. Vor zwanzig, ja noch vor zehn Jahren wärmte mich der Mantel, wenn ich als passionierter Bahnfahrer während einer Dienstreise auf zugigen Bahnsteigen auf und ab gehend den verspäteten Anschluss erwartete.

Ich räumte die Wanderjacke, die alle Hütten des Karwendelgebirges und der Ammergauer Alpen gesehen hatte, und den fadenscheinigen Blouson aus dem Schrank. Dazu den Anorak, den ich jedoch zur Seite legte. In einer Ecke kamen nun Kleidungsstücke zum Vorschein, deren Nochvorhandensein mich überraschte. An die ich mich jedoch schlagartig und mit Freude erinnerte. Die Jahre, in denen ich die völlig abgewetzte Lederjacke und den knielangen Trenchcoat (Kragen und Schulterstücke waren verschmutzt) fast täglich getragen hatte, lagen nun wirklich sehr lange zurück. Studentenkeller, Sit-ins, Demonstrationen tauchten vor meinen Augen auf. Am Revers der Jacke immer wieder ein neuer Button. Die Zeit der höheren Semester, des Examens und der ersten Anstellung war dann die Zeit des Trenchcoats gewesen – wie die Zeit des besseren Rotweins, der Rockjazz-Platten und der ersten Restaurantbesuche zu zweit oder viert.

Die Lederjacke passte mir noch in den Schultern, vor dem Bauch nicht. Der Trenchcoat war altmodisch weit, mit einem Gürtel, der geschnürt wurde. Im Ärmel steckten noch zwei Schals, damals sehr schick. In der Außentasche ein Feuerzeug. Lang lang ist's her.

Das Ausräumen lag nahe. Sechs Anzüge (hellgrau bis dunkelgrau sowie ein sehr dunkles Blau), darunter zwei kaum getragene. Die Jacketts (zwei sandfarbene für den Sommer, eines davon ein sehr leichtes aus Leinen; die späten Achtziger ließen grüßen), ein dunkelblaues, eher festliches. Zwei Tweedjacken (eine uralte, eine nicht ganz so alte, beide in Glasgow erstanden). Dazu das Alle-Tage-Sakko, das ich gern im Büro trug, und das abgetragene aus Breitcord. Die in all den Jahren dazu gekauften Hosen – anthrazit, dunkelgrau, schwarz, zwei beige *Brax* – würde ich noch gebrauchen können. Die *Levi's* sowieso. Ich erinnerte mich und war froh, bereits vor mehr als fünfzehn Jahren die leichten und weiten Bundfaltenhosen (von bordeauxrot bis eigelbfarben) endlich in einem Kleidercontainer entsorgt zu haben.

Krawatten hatte ich in den letzten zwei Jahren meiner Berufstätigkeit nicht mehr getragen. Achtzehn Binder packte ich in eine Plastiktüte, dazu drei verbliebene Fliegen, die ich vor drei Jahrzehnten auf Bällen und zu anderen festlichen Anlässen trug. Der verstaubte Smoking hing in der äußersten Ecke des begehbaren Schranks.

ES WAR EIN LEICHTES. Sämtliche weißen, hellblauen, schwarzen (ja schwarzen!) und die dezent gestreiften Oberhemden, die als Anzug- oder zumindest Businesshemden getragen worden waren, wurden entsorgt. Der größte Teil landete bei *Oxfam*, wenige im *Malteser*-Container. Übrig blieben meine kleinkariert gemusterten (fast ein persönliches Markenzeichen) und die Flanellhemden, unzählige T-Shirts und ein Dutzend Piquéhemden. Mittlerweile bevorzugte ich im einen wie im anderen Fall die langärmligen.

Ich war auf dem Höhepunkt meiner beruflichen Karriere Divisionmanager und am Schluss, nun ja, fast zum Schluss Geschäftsleitungsmitglied gewesen. Die letzten drei Jahre überantwortete man mir Sonderaufgaben, deren Lösung Zeit hatte und die nicht weit oben auf der Agenda standen.

Ich ging zu den Standardveranstaltungen der Branche – Jahrestreffen, Messen, Verbandstage und so weiter – eigentlich nur noch, um meine Anwesenheit zu dokumentieren. Bei Vertragsverhandlungen, bei heiklen Absprachen der drei Branchengrößen, bei wichtigen Personalentscheidungen oder den Parlamentarischen Abenden (so nannten wir den offiziellen Teil der Lobbyarbeit) war ich nur noch der zweite Mann. Ich galt als kundig und umgänglich, und ich war mit meiner Rolle zufrieden.

Dies ging mir durch den Kopf, als ich meine diversen Aktentaschen, meine Stockschirme und mehr als einhundertdreißig *USB-Sticks* (meine ganz private *Give-away*-Sammlung) im Hausmüll verschwinden ließ. Die *Badges* von Konferenzen und Workshops, von Messen und Verbandstagen hatte ich bereits einem kleinen syrischen Jungen geschenkt. Er zeigte mir fast immer, wenn ich im Hinterhof zu tun hatte, die vielfarbige Sammlung der dazu gehörenden Schlüsselbänder. Ebenfalls mehr als einhundert. Ahmed sortierte sie mal nach den Anfangsbuchstaben der Unternehmen oder Veranstaltungen, ein anderes Mal nach Farben, nach der Länge der Bänder und manches Mal nach unergründlichen Regeln.

Hat jemand eine Vorstellung davon, wie viele Aktentaschen ein, sagen wir vereinfachend Managerleben begleiten? Bei mir waren es, nehmen wir die Stabsstelle und die folgende stellvertretende Niederlassungsleitung als Anfang der Karriere, immerhin neun. Beginnend mit dem damals so genannten Diplomatenkoffer in zweifacher Ausführung (schwarzes Kunstleder, angenehm weiches braunes Schweinsleder) über die voluminösen Pilotenkoffer (auch davon hatte ich zwei in Gebrauch), später die sandfarbene *Bree*-Tasche, in der man leicht zwei dicke Aktenordner unterbringen konnte oder notfalls den Kulturbeutel nebst frischer Unterhose, manchmal auch eine Flasche. In den letzten zehn Jahren dann die an Collegemappen erinnernden sehr teuren Stücke: *The Bridge*, *Maxwell Scott*, *Buckle & Seam*. Smartphone, Tablet, Pfefferminz, eine Kladde, Füllfederhalter. Business und Credit Cards.

Den Wagen hatte ich schon früher nicht oft benutzt. Morgens und abends, wenn ich den ganzen Tag im Büro zu tun hatte. Auch für Dienstfahrten in Orte, die abgelegen waren, was aber im Jahr selten, vielleicht drei oder vier Mal vorkam. Im Land war ich meistens mit der Bahn unterwegs, für Auslandsreisen nutzte ich das Flugzeug. Nur nach Genf und Mailand fuhr ich mit dem *Audi A6*, meine komplette Bergausrüstung im Kofferraum, da ich bei dieser Gelegenheit gern noch einige Tage in der Savoie bzw. an den norditalienischen Seen verbrachte.

ICH MUSSTE BALD EINGESTEHEN, dass die Trennung vom Büro auf der achtzehnten Etage, von zwei persönlichen Assistentinnen, von den Übernachtungen in exklusiven Hotels und den Dinnerpartys, von den *President's Cards* der Fluggesellschaften leichter fiel als der Abschied von meiner Tätigkeit selbst, von strategischen Aufgaben und akutem Stress. Auch die Golf- oder Segelwochenenden mit wichtigen Kunden, die Festspiele in Bayreuth und Salzburg, sogar die verrückten Tage in Avignon und das anstrengende Berliner Theatertreffen hinterließen eine kleinere Lücke als der Trott des Geschäfts und die Ödnis der To-do-Listen.

Obwohl ich, Sie wissen es bereits, die letzten Jahre schon äußerster Verantwortung und großer Bedeutung entledigt war, war es schwer, die über Jahrzehnte angesammelte Kompetenz, das Fachwissen, die Führungserfahrung und meine Branchenkenntnis einfach abzugeben. Abzugeben ist der falsche Begriff. Nicht mehr nutzen zu können, nicht mehr zum Vorteil der Company einsetzen zu können. Brachliegen lassen zu müssen. Ungenutzt und, was mir bei einem einsamen Glas *Bunnahabhain* schlagartig klar wurde, offenbar sogar unbenötigt. Zuschauen zu müssen, wie das Gewicht jahrelanger Berufspraxis und zahlloser bewältigter Herausforderungen schwand. Und mit ihm die Bedeutung der Erfolge und Verdienste.

Meine Empfindung war für Außenstehende, namentlich für Freunde, verwunderlich. Hatte ich doch bereits einige Jahre vor der Übernahme der Sonderaufgaben (*Group Z* stand im internen Organigramm und an meiner Tür) bereits von nachlassendem Ehrgeiz gesprochen. So sehr ich in früheren Jahren für Veränderung, ambitionierte Ziele und Wagemut plädiert hatte – ich war zu einer Zeit Innovations- oder Changemanager, als diese Begriffe noch unbekannt waren –, so wenig reizten mich plötzlich ungewohnte Vorfälle und Abläufe, ungewöhnliche Ideen und Vorschläge. Die rapide technologische Entwicklung, die kaum noch überschaubaren Veränderungen der Märkte, dazu die unheilvollen innen- und weltpolitischen Erschütterungen, all dies ließ leise den Wunsch wachsen, nichts möge sich zu unverhofft, zu schnell, zu tiefgehend ändern. Modifikationen, Anpassungen, Weiterentwicklung ja, aber doch nicht so.

Ich ließ mir bald nach dem Ausscheiden einen Drei-Tage-Bart, nach einigen Monaten einen Zehn-Tage-Bart wachsen. Stand mir gut. Eine meiner Assistentinnen, meiner ehemaligen, erkannte mich erst auf den zweiten Blick. Wir waren uns in einem Coffee-Shop begegnet. Sie meinte, begleitet durch ein Zwinkern und Lachen, der Bart gefalle ihr. Ich sähe, wenn sie das so sagen dürfe, gut aus. Ich blieb also dabei. Nur in den zwei, drei Sommermonaten rasierte ich mich wieder jeden zweiten oder dritten Tag. In der Regel dann, wenn ich sowieso aus der Dusche kam und einige Minuten mehr vor dem Spiegel verbrachte.

Selbstverständlich ging ich weiterhin alle fünf oder sechs Wochen zum Friseur, doch in der Zeit dazwischen sah kein Kamm, kein Fön und kein Gel mein Haar. Eau de Toilette – *Saphire* war über zwanzig Jahre meine Duftmarke gewesen – trug ich nicht mehr auf. Nach der Rasur etwas Balsam für empfindliche und alternde Haut. Das musste reichen.

Ich trug jetzt außergewöhnliche Brillen, was ich früher nie getan hatte. Meine Sehstärke war schließlich okay. Ich hatte mir aus einer plötzlichen Laune heraus Cowboystiefel gekauft, Schlangenleder, in Tucson handgefertigt, und damit an einem Barbecue-Abend ehemaliger Kollegen für Aufsehen gesorgt. Ich trage sie jetzt fast jeden Tag.

Ich habe eine Geliebte, Jahrgang 1960, Silberschmiedin. Sie wohnt am anderen Ende der Stadt. Wir sehen uns oft, aber nicht regelmäßig. Wir lassen uns treiben, ohne Ziel, ohne Anker. Wir entdecken uns selbst und gegenseitig neu. Sie behauptet, man könne sich gänzlich neu erfinden. Das macht mich froh.

Und sie hat Recht. Denn ich habe auch eine junge Freundin, die ich finanziell etwas unterstütze, und deren kleine Zwillinge mit mir einmal in der Woche auf den nahen Spielplatz gehen, im Sommer manchmal auch an den Badesee. Die Kleinen vergöttern mich, ihre Mutter schätzt die Hilfe. Das *Spider*-Tattoo am Hals ist ein Geschenk von ihr. Ich machte ihr zu meinem Siebzigsten eine große Freude, als ich das Geschenk annahm. Die drei wohnen im Hinterhaus, manches Mal ist ein junger Mann zu Gast, auch über Nacht. Ich überlege, die kleine Beinahe-Familie im kommenden Mai oder Juni in mein Cottage an der schottischen Westküste einzuladen.

Mittlerweile sind es fast fünf Jahre, dass ich hier in der Innenstadt lebe und die ehemalige Beletage eines über hundertdreißig Jahre alten Hauses am Fürstenplatz bezogen habe. Mein Penthaus im Quartier *Twenty-One* habe ich verkauft. Ich spende zwei Mal im Jahr, im Sommer und vor Weihnachten, recht ansehnliche Beträge an Naturschutzinitiativen und humanitäre Hilfsorganisationen. Ich lese viel, koche gern und mag kleine Abendgesellschaften. Gern verbunden mit einer Lesung. Ich bin Mitglied in einem Schachclub und engagiere mich in einer Freiwilligen-Initiative im Stadtteil. Wir unterstützen Wohnsitzlose. Donnerstags finden Sie mich im Hallenbad, am Montag auf der Finnbahn am Spitzköppel.

Drei Badehosen, funktionale Laufbekleidung (für den Sommer, Übergangstemperaturen und kalte Winter) nebst zwei Paar Laufschuhen habe ich mir zugelegt. Auch drei Trekkinghosen und verschiedene Rollis. In meinem Kleiderschrank ist genügend Platz. *Basecaps,* wo früher die Krawatten hingen. Eine Lederjacke werde ich mir zu Weihnachten gönnen, bin aber noch unentschieden, ob es eine *Moto Guzzi*-Motorradjacke oder eine englische *Vintage*-Fliegerjacke sein soll. Ein schicker italienischer Straßenanzug würde mir sicher auch gutstehen, hat mich meine Silberschmiedin wissen lassen. Dass ich seit geraumer Zeit zuhause, auch bei kurzen Gängen zum Kiosk oder Briefkasten, und im Cottage sowieso nur noch einfache, ausgebeulte Jogginghosen trage, nimmt sie hin.

Ich überlege, mir einen Hund anzuschaffen.

Das Muschelessen

WÄHREND DER WEITE STRAND im aufkommenden Dunkel schon zu versinken scheint, die entfernten Felsen nur noch als Schattenriss erkennbar sind und die nicht besonders hohen Wellen sich in einem eher milchigen Grau brechen, liegt der ferne Horizont in einem leuchtenden Gelb und Rot. Wie ein klar konturierter Feuerball verlässt die Sonne allmählich ihren angestammten Platz am Himmel. Kaum Schattierungen, kein Ausfransen der Ränder, keine Übergänge. Sie scheint ihren festen Fahrplan zu haben. Langsam, in einem stufenlosen Zeittakt nähert sie sich der schnurgeraden Linie, die weit draußen auf dem Meer Himmel und Erde trennt.

Dann scheint es ihr nicht schnell genug gehen zu können. Minute für Minute, schneller und schneller rückt der Moment des Eintauchens heran. Man möchte sie anhalten, für einen Moment wenigstens. Ein Zischen, Fontänen, brodelndes Wasser, schlagartig abkühlendes Gestirn. Alles hält man in diesen Momenten für denkbar. Dann der grußlose Abschied. Binnen Sekunden versinkt die immer größer werdende Kugel am Horizont. Ein letztes Nachleuchten. Dunkelheit. Das Kreischen der Möwen, aufkommender Wind, das leise Klingeln der Takelage am Strand liegender Segelboote. Ein Tag geht zu Ende.

An einem solchen Abend endete die Geschichte zweier Menschen, die viele solcher Sonnenuntergänge erlebt hatten. Sie zahlten an diesem Abend mit keiner geringeren Währung als ihrem gemeinsamen Leben. Während das verunsicherte Lachen des einen in dem Moment erstarb, als sich die breite Klinge eines Muschelmessers fünf Zentimeter links von der Wirbelsäule, genau unterhalb des Schulterblatts in den Rücken bohrte, konnte sich das Gegenüber ein Lächeln nicht verkneifen, als seine zitternde Hand das Messer ins Ziel führte.

***

ZwANZIG JAHRE ZUVOR waren sich Camilla Schilling und Thomas Backes zum ersten Mal begegnet. Zufällig. Wenn es auch absehbar gewesen war, dass sie irgendwann in diesen Wochen aufeinander treffen würden.

Camilla Schilling schnitt Rosen, als Thomas Backes den Weg durch den vorderen Garten hochkam. Der Kies knirschte unter seinen Füßen. Die Hausherrin schaute auf und grüßte den jungen Mann. Der schrak auf, als die Frau aus dem üppig blühenden Strauch trat und ihn ansprach. Seine Gedanken waren noch bei der morgendlichen Abiturprüfung, die er gut überstanden hatte. Oder doch schon beim Tennisspiel am Nachmittag, auf das er sich freute.

„Guten Tag!"

„Hallo. Feodora und Britta sitzen auf der Terrasse und erwarten dich, Thomas. Du bist doch Thomas?"

„Ja, Entschuldigung, Thomas Backes. Ich bin ein Schulkamerad von Feo und Britta."

„Ich weiß, ich weiß. Schön, dich mal zu Gesicht zu bekommen."

Ein hübsches Gesicht. Mit ihrer linken Hand, die wie die andere in langen Handschuhen steckte, wies die Frau schräg hinter sich. „Du kannst hier entlang gehen."

„Danke."

Thomas Backes schulterte seine Tasche mit dem Tennisschläger, ging an Feodora Schillings Mutter vorbei und verschwand um die Ecke. Den Duft der Rosen und den der Frau nahm er mit. Und ihren eigenartig freundlichen Blick.

BRITTA LAABS HATTE VON ANFANG AN eine böse Ahnung gehabt. Schon als sie Ende Februar Feo erzählt hatte, am Abend zuvor mit Thomas einen Schmuseblues nach dem anderen getanzt zu haben, bereute sie ihre eigene Mitteilsamkeit, ja Geschwätzigkeit. Denn sie hatte übertrieben. Nicht nur hinsichtlich der Zahl der gemeinsamen Tänze. Auch dass zwischendurch immer mal wieder Rockiges und sogar Punkiges aufgelegt worden war, hatte sie einfach übergangen. Dass Thomas Britta Komplimente gemacht hatte, zu ihrer neuen Frisur und ihrem Mini, war dagegen absolut wahr. Dass er – das Licht war aus, es lief *The Healer* – in ihre Ohrmuschel gezüngelt und sie etwas fester gepackt hatte, verschwieg Britta ebenfalls nicht.

Seit diesem Tag hatte Britta den Eindruck und noch mehr die Befürchtung, Feo sei an nichts mehr interessiert als an genau solch einem Abend mit Thomas. Das Eingeständnis traf sie unerwartet hart. Das war also Eifersucht. Und nicht genug:

Sie war eifersüchtig auf Feo, auf ihre beste Freundin, die an jenem Abend nur deshalb nicht dabei gewesen war, weil sie ihre Mutter zu einer Theaterpremiere in Heidelberg hatte begleiten müssen.

Das war nun drei Monate her.

SEIT OSTERN „GING" BRITTA MIT THOMAS. Darin waren sich die beiden einig. Und jeder, der dies wissen wollte, sollte es wissen. Britta war über beide Ohren in ihren Thomas verliebt. Sie suchte ihn auf dem Pausenhof, schrieb Briefe, die sie ihm am nächsten Morgen im Bus zusteckte, drängte ihn zu Spaziergängen am Fluss oder zum Wildpark.

Doch je mehr Zeit sie mit ihm verbrachte, desto öfter sprachen sie auch über Feo. Thomas fragte nach Feos Lieblingslehrern und von ihr gehassten Fächern – die beiden Mädchen waren ein Jahr jünger als er und gingen in die 12c –, nach Studienabsichten, nach Lieblingssongs. Natürlich auch danach, wie ausführlich sich die beiden Freundinnen über Jungs und über ihre „Erfahrungen" austauschten. Über Letzteres schwieg Britta, vor allem darüber, dass Feo „es" nach eigenem Bekunden bereits getan hatte – während ihres Halbjahres in Des Moines, Iowa. Britta selbst fieberte dem ersten Mal noch entgegen, erwartungsvoll, oft begierig, meistens ängstlich. Sie würde ihre Jungfräulichkeit demjenigen schenken, der mit ihr immer durch dick und dünn gehen und mit ihr bald nach Paris fahren würde.

Am 1. Mai, dem Tag der Arbeit, den sie nur als Omas Geburtstag kannte und der alljährlich im großen Familienkreis im Spessart gefeiert wurde, war Britta dann kalt erwischt worden. Beziehungsweise in den Tagen danach, als Feo berichtete, sie sei mit Thomas und einigen seiner Kumpel zum Oberberg gewandert. Man habe einen Heidenspaß gehabt, sei unterwegs sogar kurz, ganz kurz ins eiskalte Wasser des Stausees gesprungen. Nur Wolfi Krämer, Thomas und sie selbst hätten es gewagt. Nackt. Manche aus der Clique waren am frühen Abend mit dem Zug von Holzbach wieder nach Hause gefahren. Acht Leute – drei Mädchen, fünf Jungs – hätten jedoch in der Höllentalhütte übernachtet. Britta fragte nicht weiter nach, hatte sich dann aber auch bei Thomas erkundigt. Doch da sie ihre Furcht nicht zeigen und ihren Freund nicht verärgern wollte, beließ sie es bei indirekten und immer von einem beschämten Lachen begleiteten Fragen. Thomas machte sich einen Spaß aus Brittas unübersehbarer Eifersucht. Er gab keine genauen Antworten, provozierte lieber mit Andeutungen oder einem zwinkernden Schweigen. Sogar das Prahlen mit dem Sprung ins kalte Wasser verkniff er sich.

Seitdem strengte Britta sich an, nahezu jede freie Minute mit Thomas zu verbringen, was jedoch an Grenzen stieß. Ihr Freund musste sich auf die mündlichen Abiturprüfungen vorbereiten. Also trachtete Britta danach, jede freie Minute, die sie nicht mit Thomas verbringen konnte, an der Seite ihrer Freundin zu sein. Im *Dolomiti* am Marktplatz, zu Französisch- oder Englisch-Hausaufgaben, beim wöchentlichen Dauerlauf. Den heutigen sonnigen Juni-Nachmittag würde sie mit beiden verbringen, auf dem Tennisplatz und beim abendlichen Grillfest des Clubs.

WAHRSCHEINLICH HATTE ER einfach zu viel Bier getrunken. Davor die Hitzeschlacht auf dem Platz, als erst Britta und dann Feo Thomas regelrecht vom Platz gefegt und sich dafür noch extra viel Zeit gelassen hatten. Zwei Stunden, die Thomas am Abend in den Knochen steckten. Das lange Duschen und das Steak und die Bratwurst hatten ihm gutgetan, die drei Halben anscheinend nicht. Er hatte müde Beine und nun auch noch einen schweren Kopf.

Er saß in seinen neuen Shorts und seinem teuren Polohemd – seinem ersten *Lacoste* – auf der

Terrasse und schaute sich um. Die beiden Freundinnen, unermüdlich und fit wie sie waren, hatten noch gegeneinander gespielt und gingen nach einem Doppel gegen zwei Mitschülerinnen gerade erst vom Platz. Sie winkten und bedeuteten ihm, in einer halben Stunde bei ihm zu sein.

Thomas mochte die beiden unzertrennlichen Mädchen, beide. Das war sein Problem. Er hatte es bislang nicht geschafft, mit Britta zu sprechen, aber auch nicht, Feo weniger Hoffnungen zu machen. Sie hatten beide ihre Vorzüge und Nachteile. Britta war zwar ein Lehrerkind, etwas zurückhaltend, aber offenherzig, verlässlich. Feo war die Aktivere, kess, ein wenig sprunghaft. Die eine wollte nicht, die andere hatte schon. So wurde gemunkelt. Bei Britta hatte er den Eindruck, es liege einzig an ihr, irgendwann endlich ja zu sagen. Feo tat dagegen so, als müsse er noch dieses oder jenes lernen, bevor sie ihr Ja geben würde. Knutschen konnten sie beide gut.

Die letzten Matches wurden beendet. Thomas kannte die meisten der jüngeren Clubmitglieder. Viele gingen ebenfalls auf das Gymnasium, einige studierten oder waren bereits berufstätig. Aus der Elterngeneration kannte er vielleicht die Hälfte der Anwesenden, doch viele davon nur flüchtig, vom Sehen.

Da waren Angehörige der Hautevolee der Kleinstadt – Fabrikanten, Ärzte und Anwälte, ältere Rentiers und Wohlhabende, deren Quellen des Reichtums angeblich in früheren dunklen Zeiten oder im südlichen Afrika lagen. Zu diesem recht kleinen Kreis, der viele Jahre den Tennisclub dominiert hatte, waren seit geraumer Zeit mehr und mehr Mittelständler gestoßen. Ladenbesitzer, Handwerker, Ingenieure, Freischaffende, Versicherungs- und Immobilienmakler, Autohändler.

Feo zählte zum Nachwuchs der Hautevolee. Eine alteingesessene Familie. Ihre Mutter war eine gefragte Architektin, ihr Vater war als Geschäftsmann irgendwo in einem der ölreichen arabischen Länder tätig und ließ sich nur an Weihnachten und, in früheren Jahren war das so, zum Geburtstag seiner Tochter in der Stadt sehen. Britta gehörte dagegen zu der sozialen Schicht, die mittlerweile faktisch die Geschicke des Clubs bestimmte. Thomas' Eltern und deren Nachbarschaft – Arbeiter, kleine Angestellte, Verkäufer, Krankenschwestern, Sachbearbeiterinnen und Busfahrer – hatten dagegen keinen Zugang zum TC Blau-Rot. Zwei Ausnahmen bestätigten die Regel: der viele örtliche Geheimnisse kennende Concierge des *Talblick* und die junge Witwe eines Bierbrauers.

Doch auch das begann sich jetzt, nach dem famosen ersten Wimbledonsieg von Boris Becker zu ändern. Die Söhne und Töchter der „kleinen Leute", Thomas und einige seiner Altersgenossen, schlossen sich heute schon beinahe mit der gleichen Selbstverständlichkeit dem Tennisclub an, wie es ihre Väter beim Eintritt in den Fußball- oder Handballverein getan hatten.

„HALLO THOMAS, die Mädels haben dir keine Chance gelassen, nicht wahr?"

Thomas Backes schreckte auf.

„Oh, sorry. Störe ich dich?"

Feos Mutter setzte sich neben ihn auf die steinerne Einfriedung der Terrasse.

„Nein, nein. Ich bin nur etwas müde. Die Spiele waren ziemlich anstrengend."

„Na, mach' dir nichts daraus." Sie legte ihre Hand auf seinen Oberschenkel. „Die beiden spielen schon länger Tennis – und natürlich wollten sie es dir richtig zeigen."

„Ja, das kann man wohl sagen. Ich hatte, das muss ich zugeben, keine Chance."

„Zumindest nicht beim Tennis. Britta und Feodora sind ehrgeizig."

Thomas wollte erklären, dass er noch nicht sehr lange Tennis spiele und – was natürlich eine

Ausrede war – gegenwärtig mit seinen Gedanken mehr beim Abitur als beim Sport sei, als Camilla Schilling ihre Hand auf seinem nackten Bein leicht bewegte und dieses zum Glühen brachte.

„Nimmst du Trainerstunden?"

„Nein, das kann ich mir nicht leisten." Thomas schämte sich. „Vielleicht nach den Ferien, wenn ich etwas Geld verdient habe."

Er werde vier oder gar sechs Wochen auf dem Güterbahnhof der nahen Großstadt jobben.

„Gutes Geld für harte Arbeit."

„Wir bekommen dich aber trotzdem zu sehen, oder? Wäre schade, wenn wir uns aus den Augen verlieren würden."

Camilla Schilling lächelte ihn an. Sie zwickte ihr Gegenüber – eher neckend, als sei er ein Kind – in den Oberschenkel.

„Ich denke schon. Auf jeden Fall an den Wochenenden."

Camilla Schilling erhob sich.

„Schau, deine beiden Verehrerinnen sind im Anmarsch."

Als sich Camilla Schilling von Thomas Backes verabschiedete, war er sich nicht sicher, ob sie seine Erektion bemerkt hatte. Noch nie, seit er seinen Pimmel Schwanz nannte, war eine erwachsene Frau diesem so nahegekommen. Er schaute der sympathischen und attraktiven Vierzigjährigen nach. Er musste seine Eindrücke sortieren.

Feo war bildhübsch, ihre Mutter war dazu noch schön, unglaublich schön. Feo trug die heißesten Shorts und Blusen der Schule, das schicke Leinenkleid ihrer Mutter endete knapp über den Knien und erschien Thomas aus irgend-einem Grund genauso verführerisch. Was er über das in der Clique kolportierte Sexleben Feos zu wissen glaubte, erregte ihn weniger als all das, was er über Frau Schilling nicht wusste. Feo hatte ihn schon mehrmals mit zweideutigen Bemerkungen und eindeutigen Gesten provoziert. Ihre Mutter hatte ihn wie einen schüchternen niedlichen Bengel gezwickt. Mit Feo könnte er in der Clique angeben, Frau Schilling durfte er mit keinem Wort erwähnen. Gegenüber niemandem.

„Träumst du?" Britta stupste ihren Freund. „Oder denkst du schon an die Revanche?"

„Nein. Denkt ihr auch, dass ich Trainer-stunden nehmen sollte?"

„Wer hat dir denn diesen Floh ins Ohr ge-setzt?", fragte Feo. „Du spielst mit uns und dabei lernst du genug, vor allem das Wichtigste."

Britta und Feo stellten ihre Sporttaschen ab und schlugen vor, noch eine Kleinigkeit vom

Salatbuffet zu nehmen. Danach könne man zum Biergarten am Weiher fahren. Dort sei die Stimmung wahrscheinlich etwas ausgelassener als unter den alten Herrschaften.

Thomas Backes willigte ein und stand auf. Die beiden Freundinnen rechneten es sich selbst an, dass die schicken Shorts ihres Freundes an exponierter Stelle ziemlich ausgebeult waren.

AM ENDE DIESES SOMMERS, es dürfte an einem der letzten sonnigen Septembertage gewesen sein, hatte sich Thomas Backes Schicksal entschieden.

Während Britta immer seltener den Verdacht hatte, Thomas und Feo würden sich heimlich sehen, und Feo eher unwillig die Fragen ihrer Mutter nach Thomas beantwortete, entschied sich Camilla Schilling für ein Abenteuer. Die erste Gelegenheit dazu nahm sie wahr.

Doch was heißt schon erste Gelegenheit. Sie war schon vorher ins Stolpern geraten.

Ihr Gartengehilfe, ein älterer Mann aus der Grünpflegetruppe der Gemeinde, hatte die Hand gebrochen. Thomas Backes hatte sich ohne Zögern bereit erklärt, an einem Samstag den Rasen rund um die Villa zu mähen. Sie hatte ihm dabei zugeschaut. Die über tausend Quadratmeter schenkten ihr genug Zeit. Sie war von seinem kräftigen

Oberkörper, vom glänzenden Schweiß auf der gebräunten Haut, von seinem hübschen Gesicht, seinem unbedarften Charme und von seinem gierig gestillten Durst nach getaner Arbeit angetan.

Eine gute Woche danach hatte sie ihn beobachtet, als er sich auf ein Tennismatch vorbereitete. Er lockerte seine Muskeln, machte Dehnübungen, schlug ein paar lockere Bälle über das Netz. Ein schöner, unverbrauchter Körper. Voller Tatendrang. Ungenutzte Energie und unschuldige Sanftheit. Gestört wurde das Bild nur durch Gabi Maier. Feo und Britta waren zum Shoppen nach Darmstadt gefahren. Die attraktive Brauerwitwe (harter Aufschlag, exzellente Rückhand, kleine Brüste und vollendeter Apfelpo) hatte sich als Vertretung aufgedrängt, bevor Camilla Schilling die Gelegenheit ergreifen konnte. Diese hätte am liebsten aufgeschrien, als sie merkte, dass Thomas durchaus Gefallen an dem Match fand. Und sie sah, dass ihr Schützling und die Maier ein hübsches Paar abgeben würden. Die zehn Jahre und die zehn Kilogramm, die die gesellige Witwe weniger auf den Rippen hatte, waren ein unübersehbarer Vorteil, dachte Camilla Schilling und schaute an sich herab.

Und schließlich der Morgen, an dem ihre Tochter fragte, was sie, die Mutter, von Thomas

Backes halte. Ob sie sich vorstellen könne, dass der Freund ihrer Freundin Britta zu ihr, zu Feo, „überlaufe". Wie sie das fände. Ob sie Britta darauf vorbereiten oder Thomas den Vortritt lassen solle. Camilla Schilling hatte die Augen aufgerissen (natürlich hatte sie die Ambitionen ihrer Tochter schon länger bemerkt), zu einem entrüsteten, aber ruhigen Erstaunen angesetzt, dann ihre Frühstücksserviette auf den Tisch geknallt und *Feodora!* geschrien. Das sei das Allerletzte, der besten Freundin den Freund auszuspannen. Unterhalb dieses Niveaus gebe es ja wohl gar nichts mehr. Sie war außer sich. Sie hatte dann noch rechtzeitig an sich gehalten. Doch Feo war da schon längst heulend und verängstigt aufgesprungen und in ihr Zimmer verschwunden.

Die von Camilla Schilling dann schließlich wahrgenommene „erstbeste Gelegenheit" war demgegenüber eher kleinlaut dahergekommen.

Am Abend des Saisonausklangs – ab dem nächsten Tag würden die Plätze winterfest gemacht werden – fanden sich die aktivsten und die geselligsten Mitglieder im Vereinsheim ein. Ein einfaches Buffet mit Handkäse, Kochkäse, Bauernwurst, Brot und Brezeln. Apfelwein und Bier.

Thomas griff zu, die Mädchen machten sich wenig aus den regionalen Spezialitäten. Sie begnügten sich mit Salzstangen und Cola. Die Temperatur war noch spätsommerlich. Mehr als ein dünner Pulli oder eine Windjacke war sogar am Abend nicht erforderlich.

Kurz nach 22 Uhr lösten sich die Tischrunden langsam auf. Auch Feo und Britta, auf die am folgenden Tag die erste Kursarbeit ihres Abschlussjahres wartete, packten zusammen.

Die Freundinnen hatten bereits in Feos altem *Karman Ghia* Platz genommen. Sie warteten darauf, dass sich Thomas hinter ihre Sitze klemmte. Feo hatte angeboten, Britta und ihn nach Hause zu fahren.

Als Thomas sich mit einem angedeuteten Winken von Gabi Maier verabschiedet hatte und sich auf den Weg zum Parkplatz machen wollte, zupfte ihn Camilla Schilling kaum merklich am Hemd und zischte ihm zu: „Du fährst mit mir!"

Thomas war erschrocken, verblüfft, unsicher. Aber auch erregt, spürbar erregt.

Feo und Britta schauten auf das auf sie zukommende ungleiche Paar. Die Mädchen blickten sich unschlüssig an.

„Deine Mutter bringt mich", rief Thomas.

Feo fuhr hupend vom Parkplatz.

Thomas hob den Arm und schaute den beiden nach. Er bestieg den *Audi 80*. Camilla

Schilling schloss ihre Tür und fuhr los. Das Auto ihrer Tochter war schon nicht mehr zu sehen. Sie drosselte trotzdem das Tempo.

Camilla Schilling hatte ein konkretes Ziel. Sie fuhr nicht am Schwimmbad und der neuen Sporthalle vorbei Richtung Stadtmitte, sondern bog vorher scharf rechts ab, kurvte durch das Gewerbegebiet II, nutzte den für den Verkehr gesperrten Fahrweg entlang der Bahngleise, nahm die Unterführung hinter der Brauerei, erreichte den Wald, folgte bergauf dem asphaltierten Wirtschaftsweg und stoppte nach weiteren zehn Minuten vor dem verlassenen Jagdhaus am Kreuzeck.

Camilla Schilling ließ keine Fragen zu. Thomas Backes brachte kein Wort über die Lippen. Er folgte über Wurzeln stolpernd und über eine schmale Sandsteintreppe Feos Mutter, die er in diesem Moment erstmals und nur für sich Camilla nannte. Er folgte, folgsam wie ein kleiner Junge, einer Frau, mehr als doppelt so alt wie er, die auch seine Mutter hätte sein können, aber Gott sei Dank nicht seine Mutter war.

Camilla Schilling griff nach einem großen Schlüssel, der über dem Türsturz verborgen war. Sie stieß die Tür mit dem Fuß auf und zog Thomas in die Hütte. Eine schmutzige Neonleuchte begann zu flackern. Camilla Schilling drückte ein zweites Mal den Schalter. Jetzt spendete nur der Mond dämmriges Licht.

„Komm!"

Ihre Bluse hatte sie schnell abgelegt, an seinem Hosenlatz hielt sie sich nicht lange auf. Ihren leichten Sommerrock raffte sie hoch über die Hüften, den Slip wollte sie ihrem jungen Begleiter als erste Trophäe überlassen. Der stand vor ihr. Seine Jeans hing ihm noch um die Knöchel, seine Unterhose auch. Wie sollte er so auch noch Schuhe und Socken loswerden? Sein Schwanz stand in seiner ganzen Pracht von ihm ab. Camilla, die auch jetzt noch Feos Mutter war, legte sich auf den mit einem alten Teppich belegten Holzboden der Hütte. Sie spreizte die Schenkel und lockte ihn mit der Bewegung ihrer Finger.

Er hatte – sah man von verlorenen Kindheitserinnerungen ab – noch nie in seinem Leben eine gänzlich nackte erwachsene Frau gesehen, lebendig, sich bewegend, riechend, echt. Und jetzt lag mehr Fleisch, mehr Lust und Gier, mehr Unbekanntes und Unheimliches vor ihm, als er sich je hätte vorstellen können. Wie konnte er dem entkommen? Er hatte schon von Britta und Feo, auch von gesichtslosen Frauen geträumt, er hatte fantasiert. Er hatte sich dieses und jenes – ihr

Zögern und ein stammelndes Abwehren, das verzweifelte und erschöpfte Ja vorgestellt. Nie hatte er sich eine bestimmte Art und Weise des endlichen Zusammenkommens, nie eine konkrete Stellung ausgedacht. Und jetzt dies. Hier, in dieser schäbigen Hütte. Würde er zwischen diesen Schenkeln überleben, sich von diesen Brüsten lösen können? Thomas staunte: Camilla hatte, jetzt, als sie sich ihren BH abstreifen ließ, unglaublich große Brüste. Was machte ihr Mund mit ihm, was ihre Finger, ihr Haar, ihr Duft? Er versank in ihrer ihn erstaunenden Leibesfülle. Sie und ihr Jetzt-hier-Sein, ihr Wollen umschloss ihn wie ein Kokon, in den sie ihn verpackte.

Thomas würde nicht mit Gewissheit sagen können, ob sein erstes Mal fünf Minuten oder eine halbe Stunde seiner Lebenszeit gedauert hatte. Er hatte nicht wirklich gespürt, ob er wirklich gekommen war. Gesehen hatte er das Ergebnis schon, als er seine verkleckerten Oberschenkel später mit einem Taschentuch abzuwischen versuchte. Klebrig, vermischt mit Camillas Nässe, die ihn überflutet hatte.

Auch Camilla Schilling war erschöpft, atmete tief, und deckte ihren Liebhaber mit einer alten Decke zu. Sie nahm dicke Socken aus einer Schublade und schlüpfte in einen verschlissenen langen Bademantel. Sie stellte zwei Flaschen und zwei Gläser neben ihr dürftiges Lager. *Jägermeister* und *Metaxa*. Sie nahm einen *Metaxa*. Auf dem Fensterbrett fand sie eine Schachtel Zigarillos. Sie bekam einen Hustenanfall, keuchte, ließ aber nicht davon ab. Sie genoss das Brennen in ihrem Rachen, dann auf ihren Bronchien, schließlich tief unten in ihrer Lunge. Sie nippte bereits an ihrem dritten Glas, als Thomas sich räkelte.

War er tatsächlich eingeschlafen? Es würde ein ewiges Geheimnis bleiben. Thomas zögerte. Er rieb sich die Augen, krabbelte unter der muffigen Decke hervor und stand auf. Er war unschlüssig, schaute Camilla an, schlüpfte aber dann doch in seinen Slip und die Jeans. Er fröstelte, entschied sich ebenfalls für einen *Metaxa*, zog sein Hemd über, setzte sich zu Camilla, zu Feos Mutter, zu Frau Schilling.

Was hätte er sagen sollen? Was würde sie freuen oder beeindrucken? Was sagte man in solch einem Augenblick? Was taten Männer in dieser Situation? Was tun sie, was werden sie auch zukünftig immer und überall tun? Beim ersten Mal, das auch etwas Erbärmliches hatte.

Beim ersten Mal, das für Thomas jetzt eine Viertelstunde oder eine ganze oder sogar länger zurücklag. Er scheute sich, nach der Uhrzeit zu fragen. An dieses flüchtige erste Mal hatte er bereits jetzt, den Weinbrand in kleinen Schlucken trinkend, eine nur unscharfe Erinnerung. Reales und Fantasiertes, lange Ersehntes und das noch in den Knochen spürbare Erlebte vermischten sich.

War es zuerst schön oder berauschend oder nur anstrengend gewesen? Alles zusammen? Camilla sagte kein Wort. War es an ihm, das Urteil abzugeben? Camilla griff nach seiner Hand. Sie küsste ihn auf sein Ohr. Hatten sie sich überhaupt geküsst? Er erinnerte Brittas gierig suchende Zunge, Feos knabbernde Zähne. Würde Camilla ihm jetzt einen Kuss gewähren?

Camilla Schilling und Thomas Backes tranken aus, räumten ein wenig auf und verließen die Hütte. Ein Fuchs verschwand im Unterholz. Fast Vollmond. Zwanzig Minuten später hielt der *Audi* vor dem Siedlungshäuschen, zehn Minuten darauf vor der Villa am Stadtpark.

***

THOMAS HATTE in den Wochen und Monaten danach das zwiespältige Gefühl, dass er zwar noch viele Jahre vor sich hatte, ihm aber gleichzeitig die Zeit zwischen den Fingern zerrann. Er glaubte sehr schnell, dass er jede Stunde etwas Bestimmtes verpasste, was in den kommenden Jahrzehnten nicht aufzuholen oder zurückzuholen sein würde.

Britta hatte von Feo ein Foto zugespielt bekommen, das ihren Thomas – wenn auch im Kreis seiner Kumpel – so entblößt zeigte, wie sie ihn selbst noch nie gesehen hatte. Sie glaubte den Gerüchten.

Feo hatte nach dem Bruch Brittas mit Thomas vergeblich um den jetzt in Mannheim studierenden Ex ihrer Freundin gebuhlt. Mit ihrem Abitur trennten sich die Wege der Freundinnen. Die Zeit verflog. Thomas war bald schon längst Vergangenheit – wie ihre Teenagerzeit.

Camilla Schilling genoss fast ein Jahr lang ihren rücksichtsvollen, agilen, kräftigen und frohen Schützling. Sie traf ihn in Mannheim oder Heidelberg, verbrachte mit ihm Wochenenden in München und Wien. Doch seine immer häufigeren Absagen und kindischen Ausreden nahm sie zum Anlass, die heimliche, sie mittlerweile auch anstrengende Affäre an einem herrlichen Sommertag auf der Terrasse der Tennisanlage zu beenden.

ZEHN JAHRE SPÄTER LEBTE FEO SCHILLING allein in Berlin. Sie wohnte in Friedrichshain und fuhr jeden Morgen mit dem Rad zu ihrer Galerie in der

Oranienburger. Bei schlechtem Wetter holte sie ihren *Mini Cooper* aus der Tiefgarage. Nebenher, das heißt zwei Mal die Woche an den Abenden, frönte sie der neuen Berliner Salonkultur. Der eine Abend, in Fronau, war eher dem Benimm, der Etikette und ästhetischen Fragen gewidmet. Am Neuköllner Freitag dagegen stand Unveröffentlichtes aus der Feder literarisch ambitionierter Jünglinge auf dem Programm.

Britta Laabs-Malchow lebte zur gleichen Zeit als glücklich verheiratete Oberstudienrätin und zweifache Mutter im Nassauer Land, in einem Dorf zwischen Wiesbaden und Limburg. Sie war in der Flüchtlingshilfe und im Schwimmverein aktiv gewesen, ging jetzt alle vierzehn Tage zu den Abenden einer Pro-Radwege-Initiative und hatte ein sie nicht zufrieden stellendes Verhältnis mit einem Kollegen.

Thomas Backes hatte Versorgungstechnik studiert, war jahrelang als leitender Facility Manager in einem Chemiebetrieb tätig gewesen und verdiente seit 2002 gutes Geld als Berater, Dozent und Key-Note-Speaker auf einschlägigen Branchenveranstaltungen. Er war solo, buchte nach Bedarf bei einem Bad Homburger Escortservice immer dieselbe Begleitung – Mascha und Lianne – und spielte ein passables Tennis.

Camilla Schilling hatte sich mit ihrem bereits im frühen Ruhestand lebenden Ehemann arrangiert, der jetzt die meiste Zeit bei seiner langjährigen Geliebten auf Zypern lebte. Camilla war viel unterwegs. In den schönsten Städten dieser Welt, auf den einsamsten Inseln und in den wildesten Bergregionen. Ihre Rosen machten sich prächtig. In der Ü50 des TC schlug sie die präzisesten Diagonalbälle und war immer noch schnell auf den Beinen. Sie trank gelegentlich zu viel. Ein Zigarillo gönnte sie sich auch jetzt noch – ab und an.

***

IN EINEM KLEINEN HOTEL nahe Larnaka hatten sich Camilla Schilling und Thomas Backes wiedergetroffen. Zufällig. Nach rund zwanzig Jahren.

Camilla hatte ihren in Larnaka lebenden und jetzt gestorbenen Ehemann einige Tage zuvor beerdigt. Dessen wirkliche Lebensgefährtin, Lena, eine gebürtige Ukrainerin, hatte Camilla gleich über den Tod ihres Gatten informiert und in einer zweiten E-Mail den Tag der Beisetzung mitgeteilt. Sie möge bitte dabei sein. Das sei Wolfgangs ausdrücklicher Wunsch gewesen, hatte die Geliebte unterstrichen. Camilla erfüllte ihrem

Angetrauten diesen Wunsch. Außerdem wollte sie Lena persönlich kennenlernen.

Thomas war mit Bekannten zum Radfahren auf der Insel, zum vierten oder fünften Mal. Das kleine Hotel der Schwestern Vasiliadou hatte sich als Stützpunkt bewährt. Für die eher flachen und welligen Touren entlang der Küste und im unmittelbaren Hinterland, aber auch für die anspruchsvolleren Runden ins Gebirge.

Er und die drei anderen Rennradler packten gerade ihre Getränkeflaschen, Obst und Powerriegel zusammen, als Camilla aus ihrem Zimmer auf die Balustrade trat. In Schwarz gekleidet, die Augen hinter einer schwarzen Sonnenbrille, schwarze Handschuhe. Gestützt auf einen Stock mit versilbertem Knauf, der die Gestalt eines Entenkopfs hatte.

„Thomas?"

Er schaute sich im kleinen Innenhof um, hinüber zum Frühstücksraum, dann erst nach oben. Dort stand Camilla am Geländer, blickte nach unten, nahm die Brille ab und wiederholte ihre Frage.

„Thomas, Thomas Backes? Der Schulkamerad meiner Tochter Feodora?"

Thomas Backes erkannte die Frau. Die Frau, die ihn auf dem Boden einer schäbigen Hütte wie ein Spielzeug benutzt, ihm berauschende Minuten geschenkt und ihn – das war das einzige Urteil, was er schon damals unterschrieben hätte – zum Mann gemacht hatte. Sie war schlanker geworden, ihr Haar grau.

Er bat seine Kollegen um eine Minute Geduld und ging auf die Holztreppe zu, auf der ihm Camilla jetzt entgegenkam.

„Hallo Camilla. Ich darf doch Camilla sagen?"

Sie ließ ein glucksendes Lachen hören.

„Natürlich."

Sie kniff ihn in die Backe und erklärte in wenigen Worten den Grund ihrer Anwesenheit. Thomas ließ ein *Ach* und *Oh* hören. Gepländel. Man verabschiedete sich schnell voneinander.

Camilla ging zum Frühstück, Thomas zu den Radfahrern. Vielleicht sehe man sich am späten Nachmittag, riefen sie sich dann doch noch zu. Vielleicht böte sich die Gelegenheit zu einem Drink oder zu einem gemeinsamen Abendessen.

Einen schönen Tag wünschten sie sich gegenseitig. Was sollte man auch anderes sagen.

AM ABEND KONNTEN CAMILLA UND THOMAS im Hotel nur einen Aperitif nehmen. Lena hatte kurzfristig noch ein kleines Essen im Kreis von Freunden des Verstorbenen arrangiert. Camilla hatte zugesagt.

In der Bibliothek des Hotels saßen Camilla und Thomas unter dem Porträt des Großvaters der Vasiliadou-Schwestern. Der hatte anlässlich der Eröffnung der schmucken Herberge, einer ehemaligen Poststation, seine eher kleine, aber ausgewählte Büchersammlung öffentlich gemacht. In den folgenden dreißig Jahren war der jetzige eindrucksvolle Bestand zusammengekommen. Zunächst durch Hunderte Bücher eines Freundes des Hoteliers. Danach wuchs die Bibliothek Jahr für Jahr durch Gäste. Durch Stammgäste, die immer wieder einige Bücher dalließen, oder durch einmalige Besucher – wie zuletzt ein kanadischer Professor –, die sich Wochen nach der Abreise mit einem dicken, an das Hotel adressierten Bücherpaket in Erinnerung riefen.

So fand fast jeder Gast in den Regalen Lesestoff nach seinem Geschmack. Klassische und moderne Belletristik, Krimis, Historisches und Bildbände, aber auch spezielle Literatur über Sprache, Astronomie, Ernährung, Segelboote, Volkskultur und viele Biografien. Und all dies nicht allein auf Griechisch oder Englisch. Deutsch, Französisch, Russisch, auch Türkisch, Italienisch und Spanisch. Wer Geduld oder Glück hatte, fand auch Exemplare in schwedischer oder ungarischer Sprache. Der Bibliotheksbestand von mehreren tausend Büchern bordete über und war mittlerweile völlig unsortiert.

Thomas berichtete ein wenig von der heutigen Ausfahrt, dann auch von früheren Touren. Camilla wusste wenig vom Leben ihres Ehemanns, schwärmte aber von Lena und erwähnte, dass Feodora seit einigen Jahren an einer heimtückischen, kaum bekannten Krankheit leide, doch immer noch sehr umtriebig und immer irgendwo zwischen Berlin und New York unterwegs sei. Britta – er erinnere sich doch? – habe sich scheiden lassen und lebe mit der jüngsten Tochter an der Bergstraße. Die umschwärmte Witwe Maier, an die erinnere er sich doch ganz bestimmt, habe noch einmal geheiratet. Man stelle sich vor, Karl Eschbach, Charly, den Concierge des Hotels *Talblick*. Ja, sie selbst lebe immer noch am Stadtpark. Die Hüftoperation sei ihr nicht gut bekommen, das habe er wohl bereits bemerkt. Tennis gehöre der Vergangenheit an. Leider. Das fehle ihr. Sonst nichts.

„Und du, wo treibst du dich herum. Immer noch Vorträge für Hausmeister?"

Sie legte ihm die Hand auf den Unterarm, bevor Thomas sie korrigieren konnte.

Er prostete Camilla Schilling mit seinem *Campari* zu.

„Ja. Immer noch Vorträge und Workshops. Ich habe auch zwei Bücher geschrieben, ein Fachlexikon, wenn man es so nennen will, und ein Praxishandbuch, das auf Interviews beruht."

„Oh, auch noch Schriftsteller. Hast du die beiden Bücher hier irgendwo in den Regalen versteckt?"

„Nein, wäre aber eine gute Idee."

Thomas nahm sich vor, im nächsten Jahr daran zu denken.

Camilla erfuhr, dass Thomas seit einigen Jahren in Leipzig lebt, „in gewisser Hinsicht" immer noch solo war, mehr Golf als Tennis spiele, wegen der Kniegelenke, und sich dem Rennrad verschrieben habe. Ja, er bedauere es sehr, nicht schon in jungen Jahren damit begonnen zu haben.

„In jungen Jahren hattest du andere Interessen, nicht wahr?"

Er fahre mindestens einmal in der Woche, und die Radwochen im Frühjahr auf Mallorca und im Spätherbst auf Zypern seien fast schon Tradition.

Camilla schaute auf ihre Uhr und nippte an ihrem Glas. Thomas fixierte ein x-beliebiges Buch im Regal, einen alten Wälzer über die Bagdadbahn.

Thomas wollte Camilla Mut machen und erwähnen, dass auch ältere Frauen, auch solche mit neuen Knien oder Hüften zu den Radsportgruppen in Santa Ponca oder hier auf Zypern gehörten, als eine unerwartete, leise ausgesprochene Frage in seinem Kopf ein blechernes Hallen verursachte.

„Denkst du manchmal daran?"

Hatte sie nach ihren gemeinsamen Monaten gefragt? Natürlich. Wonach sonst? Er hätte in diesem Moment viel für eine Spur Unklarheit oder Unbestimmtheit gegeben.

„Erinnerst du dich an unsere erste Nacht?"

Erste Nacht? Die ihn völlig überraschende Nummer im Wald, die alles andere als eine erste Nacht in einem breiten Bett, in einem romantischen Liebesnest oder auch nur die Begegnung von Frischverliebten in einem Zelt eines Jugendlagers am Stausee war.

„Natürlich. Wie sollte ich das vergessen."

„Und?"

„Was und?"

„Und wie sieht deine Erinnerung aus, an was erinnerst du dich? Hast du mich in guter Erinnerung?"

Thomas stand auf und bestellte an der Bar zwei weitere Gläser *Campari*.

Sollte er der ihn ausfragenden, mittlerweile über sechzig Jahre alten Frau beichten, dass jedes Zusammensein nach dieser ersten Nacht ein kläglicher Versuch war, diesem einmaligen und unergründlichen, gefräßigen, wunderbaren und nirgendwo endenden Körper zu entkommen?

Vor der Fahrt zur Hütte hätte er alles für diese erste Nacht gegeben. Danach wollte er sie ungeschehen machen. Doch die Sekunden und Minuten auf und neben und unter und in Camilla hatten ihn sein Leben lang nicht losgelassen.

Konnte er *das* seinem Gegenüber sagen?

„Wie soll ich dich in Erinnerung haben?" Thomas stellte die Gläser ab. „In guter, natürlich."

Er spürte, dass Camillas Oberkörper zuckte, wie nach einem leichten Stromstoß. Ihr Blick suchte für einen Moment das Weite.

Er prostete ihr zu.

„Ich meine, du warst einfach überwältigend, begehrenswert. In meinen Augen. Ich war jung, du warst erfahren. Du warst bestimmt die attraktivste Mutter in meinem beziehungsweise in Feos und Brittas Jahrgang. Aber das weißt du selbst, oder?"

„Prost!"

„Auf dein Wohl, Camilla."

Sie saßen einige Minuten wortlos zusammen, starrten in die vielfarbige Leere der Buchrücken.

„Weißt du eigentlich, dass ich ein bisschen in dich verknallt war? Ein bisschen, in einen Jungen, der mein Sohn hätte sein können."

Camilla, Feos Mutter, Frau Schilling. Und nun auch noch seine Mutter! *Ein bisschen verknallt!* Sein Blick wurde kalt.

Camilla Schilling erhob sich und ging zum Bücherregal neben dem Kamin. Sie griff nach einem Buch, einem französischen Roman, und zeigte es Thomas.

„Kennst du die Geschichte? Du sprichst doch gut Französisch. War dein Lieblingsfach, wenn ich mich richtig erinnere."

La Poêlée d'Ormeaux. Thomas schaute nochmals auf den Buchtitel. „Nein, nicht dass ich wüsste. Gibt es eine deutsche Ausgabe?"

„Das weiß ich nicht. Unerwartetes Ende. Interessant."

Camilla stellte das schmale Bändchen wieder in das Regal.

Sie plauderten noch eine Weile über Ausflugsziele in der Umgebung und über die trotz der neuen Regelungen vorhandenen Beschwernisse, den Norden der Insel zu besuchen.

Dann stand ein Taxifahrer in der Tür und fragte nach Frau Schilling. Camilla schaute auf die Uhr und entschuldigte sich bei Thomas.

„Ich muss mich beeilen. Larnaka ruft."

Sie verabredeten sich für den morgigen Abend, gleicher Ort, gleiche Zeit. Sie übertrafen sich in hohlen Versprechungen. Sie würden dann Essen gehen, hätten mehr Zeit sich zu unterhalten, über die alten Zeiten, das Zwischendurch und die Zukunft.

Thomas schlug ein Fischrestaurant unten in Zygi vor, direkt am Wasser.

„Sehr reichhaltig, sehr gut. Und gemütlich. Wird dir gefallen."

Camilla Schilling zeigte sich einverstanden und erhob sich mit Mühe aus dem tiefen Sessel.

Thomas zögerte, der ersten Geliebten seines Lebens dabei behilflich zu sein.

Camilla griff nach ihrem Stock und verabschiedete sich.

„Schön. Ich freue mich darauf. Bis morgen."

Sie folgte dem Taxifahrer durch das Foyer.

Thomas blieb in der Bibliothek, blätterte in einigen uralten Radlerzeitschriften und wartete auf seine Kollegen, die bald zum Abendessen erscheinen würden.

Er dachte über das Gespräch mit Camilla nach und grübelte, ob er das Richtige gesagt hatte. Das, was Camilla von ihm erwartet hatte. Das, was man nach zwanzig Jahren guten Gewissens sagen konnte, ohne das zu sagen, was nie gesagt werden würde.

Er griff noch einmal nach dem Roman.

La Poêlée d'Ormeaux. Er überflog die ersten Seiten, las den Klappentext, überlegte. Die Autorin sagte ihm nichts, Jenny Udvardy.

Er ging zur Rezeption, bat Ana Vasiliadou, ihren Computer benutzen zu dürfen.

Nach zwei Minuten war er schlauer. Die deutsche Übersetzung des Romans wurde für das nächste Frühjahr angekündigt. *Das Muschelessen* würde zur Leipziger Buchmesse erscheinen.

Zeit im Zug

1960 DER SCHIENENBUS. Das schwarze Loch wurde immer kleiner. Der rote Schienenbus hinterließ eine eigenartige Spur. Die beiden stählernen Stränge bewegten sich gleichmäßig und ohne jeden Laut aufeinander zu. Die Tunnelausfahrt und die Schienen trafen sich wieder in der Ferne. Der Tunnel war kaum noch zu sehen. Über einen Kilometer war er lang. Schwarz wie die Nacht, laut und kalt.

Leider konnte man im Schienenbus kein Fenster öffnen, das Gesicht dem Fahrtwind entgegenstrecken oder in weiten Kurven das Ende des Zuges im Auge behalten. Am liebsten hätte er nach herabhängenden Zweigen gegrapscht. Die peitschenden Birkenblätter taten nicht sehr weh. Die kleinen Kratzer waren schnell vergessen.

Im Schienenbus konnte man die schweren Sitzbänke von der einen auf die andere Seite wuchten, in Fahrtrichtung oder andersherum sitzen. Die Einer und die Dreier. Wie man wollte. Das Schönste war aber, dass man im letzten Wagen, wenn man sich hinten an die große Rückscheibe setzte, noch ganz ganz lange zurückschauen konnte. Das immer schmaler werdende Gleis und die allmählich immer kleiner werdende Tunnelausfahrt zeigten Entfernungen an, keine Geschwindigkeit. Die Geschwindigkeit spürte der Junge, wenn er einen Blick aus den Seitenfenstern warf. Die Bäume am Rand der Strecke und die Bahnübergänge, die Telegrafenmasten und Signale sausten vorbei. Kaum zu erkennen. All das und die Kühe auf den Wiesen, die Äcker und der Wald waren jedoch ganz lange zu sehen, wenn er wieder nach hinten schaute. So wie das schwarze Loch allmählich kleiner wurde und dann plötzlich verschwand, so wurden es immer mehr Berge, die vor den Augen aus der Landschaft wuchsen, aber sich im selben Moment auch von ihm entfernten. Und hinter dem Berg, durch den der Tunnel führte, waren noch viel mehr Berge, noch viele Wiesen und Wälder.

Dort waren seine langen Sommerferien wieder so schnell vorübergegangen. Dort war der kleine Bach, an dem er Dämme baute, und in dem das aus furchiger Rinde geschnitzte Boot sich an manchen Stellen kaum bewegte, sich in Gräsern und Zweigen verfing und dann plötzlich über kleine Stromschnellen sprang. Er musste manchmal die Böschung entlangflitzen, um das Boot wieder einzufangen. Er schöpfte mit seinen kleinen Händen glasklares Wasser, um sich zu erfrischen. Unter dem alten Holzsteg konnte er sich vor Spaziergängern verstecken, die oberhalb des Baches ahnungslos vorbeiliefen.

Der alte Steinbruch lag abseits des Wanderwegs, in einer schwer zugänglichen Ecke des Waldes verborgen. Steil führte der Trampelpfad hinab, durch Unterholz, Brennnesseln und wilde Brombeerhecken, an denen er sich schon oft Schrammen geholt hatte. Zwischen den riesigen Sandsteinbruchstücken hatten sich Pfützen groß wie kleine Seen gebildet, die niemals austrockneten. Bei den Erkundungsgängen zwischen den Steinbrocken konnte man leicht in feuchten, schlammigen Untergrund geraten. Er mochte den kalten und glitschigen Stein, auf dem seine Füße schwer Halt fanden.

So wie er den Weg hinauf zum Wald mochte, die Wiesen durchquerend, auf denen in einem schönen Sommer morgens noch Tau lag. In den kleinen Höhlen des noch nicht gebrochenen Sandsteins konnte er seinen Proviant ablegen, die frisch gepflückten Heidelbeeren und Pflaumen oder das mitgebrachte Brot, während er in der sich gegenüber dem Trampelpfad auftürmenden Felswand herumkletterte.

Kein Erwachsener kannte einen der Orte, in denen er über Nacht die Schleuder, die rostige Sichel, das zerfledderte *Sigurd*-Heftchen, die bunten Kaugummikugeln und seinen Klickerbeutel versteckte. Erdlöcher unter wuchernden Wurzeln, der ausgehöhlte Stamm einer vom Blitz umgehauenen Buche, der verlassene Dachsbau nahe der Quelle oder der von riesigem Farn bedeckte alte Futtertrog. Und das Versteck für ihn selbst. Der Hochsitz am Waldrand, wo er dem Zirpen der Grillen und dem trommelnden Klopfen der Spechte zuhörte und Ausschau hielt. Schon zweimal hatte er frühmorgens einen verspätet äsenden Rehbock und schon oft über die Wiesen hoppelnde Hasen gesehen. Vielleicht würde er auch wieder einmal einen Fuchs oder ein Liebespärchen beobachten können, das, sich an den Händen haltend und in alle Richtungen umschauend, ganz plötzlich den Weg zum Forsthaus verlässt und im hohen Gras der Streuobstwiesen verschwindet.

Den Hexentanzplatz würde er nicht mehr wiedersehen. Auch seine stillen und heimlichen Tränen würden dies nicht ändern können. Die kleine, baumfreie Fläche, die man erst dann sah, wenn man ihren in alle Richtungen leicht abfallenden Rand erreicht hatte, lag mitten im Wald. Auf einem kleinen, kaum fünf Meter hohen Hügel, zu dem verwitterte und ausgetretene Steinstufen hinaufführen, die unter Büschen und Hecken verborgen lagen.

Die Lichtung erreichte man nur von hinten, einem plötzlich endenden Hohlweg und diesem geheimnisvollen Pfad folgend. Braune Flecken Gras und kleine Waldblumen. Ein eher trostloser Platz, verglichen mit seiner wuchernden Umgebung.

Eine alte Bank, deren hölzerne, aus ehemals fünf Latten bestehende Sitzfläche schon immer morsch und an einer Stelle sogar durchgebrochen war. Die geschwungenen schmiedeeisernen Füße waren in den Waldboden eingesunken, aber sie schienen aus der Erde gewachsen zu sein. Ehern und stumm teilten sie seit Jahrzehnten den Kindern mit, dass sie ebenso zum Wald gehörten wie die Bäume und Sträucher. Er stellte sich vor, wie vor langer Zeit Hexen und Nachtgeister auf diesem Platz ihre Feste gefeiert hatten. Nebelschwaden am Boden und funkelnde Sterne am Himmel.

Der Hexentanzplatz war im Frühjahr planiert worden. Die alte Bank war verschwunden und durch zwei neue ersetzt worden. Weiße Sitzflächen aus Plastik, auf jeweils zwei Betonsockel geschraubt. An jeder fand sich ein kleines Schild. Auf der dem im Tal liegenden Städtchen zugewandten Seite des Hexentanzplatzes waren die hohen Fichten verschwunden. Spaziergänger, die über die breiten, in Granitfassungen einbetonierten Trittstufen den neuen Aussichtspunkt erreichten, konnten sich entweder auf die von der Volksbank oder auf die von der Sparkasse gestiftete Bank setzen und den Blick auf den Schlossturm, die Stadtkirche oder auf die Großbaustelle auf der anderen Seite des Tales richten. Dort würde inmitten von Wiesen und Äckern in den nächsten drei Jahren nach und nach das neue Kreiskrankenhaus entstehen. Binnen eines Jahrzehnts würde nicht nur der Aussichtsplatz den Reiz des Neuen verloren haben, sondern auch kein Kind mehr vom Hexentanzplatz wissen. Das fünfstöckige Krankenhaus würde die andere Talseite dominieren und den weithin sichtbaren Mittelpunkt eines neuen Viertels bilden. Ein Flickenteppich weiß verputzter Häuser, mit riesigen Balkonen und meist zwei Garagen. Umgeben von Rasenflächen und an Straßen liegend, die die Namen einheimischer Vögel tragen.

Jetzt würde gleich die weit geschwungene Kurve kommen, die das Zurückbleibende noch einen Moment im Blickfeld beließ, aber den Schienenbus schon durch eine andere Landschaft führte. Die Berge waren verschwunden. Sanfte, immer flacher werdende Hügel würden schließlich in eine weite Ebene münden. Kartoffel- und Getreidefelder traten an die Stelle von Wiesen und Wäldern. Der Zug hielt jetzt alle fünf Minuten an einem Bahnhof. Hier wuchsen die Dörfer schon fast zusammen. Der Betrieb an den Haltepunkten wurde geschäftiger.

Der kleine Junge beobachtete den Eisenbahner, der mit einer Sackkarre an den Schienenbus heranfuhr und zwei Kisten im Gepäckabteil verstaute. Ein anderer, mit roter Mütze und Kelle, hatte schon die Pfeife im Mund. An dem Gleis auf der anderen Seite des Bahnhofs luden Bauern Zuckerrüben von ihren Hängern in große Güterwaggons. Eine kleine Rangierlokomotive tankte Wasser. Lagerhallen von Kohle- und Heizölhändlern säumten die Ein- und Ausfahrten der Bahnhöfe. Drei große schwarze Berge alter Lkw-Reifen und das Areal einer Konservenfabrik kündigten an, dass der Schienenbus gleich das Ende seiner Fahrt erreicht haben würde. Die Namen der Bahnhöfe trugen schon den Namen der Großstadt, ergänzt um die ehemaliger Vorortgemeinden, dann um die Worte Ost und Nord. Nach der Chemiefabrik mit ihren hohen Schornsteinen und silbrig glänzenden Kesseln und hinter der Brücke, auf der Straßenbahnen zu ihrem neuen Depot fuhren, würde das Gleis, das den Schienenbus so lange geführt hatte, in einem immer unübersichtlicheren Gewimmel von Schienen, Weichen, Abstellgleisen, Prellböcken, Signalen, kleinen Stellwerken und Wassertürmen verschwinden.

Riesige Schnellzuglokomotiven spuckten Wasserdampf aus, gewaltige Räder und verwirrendes Gestänge gerieten immer mehr in Bewegung. Lautsprecher meldeten blechern die Ankunft und Abfahrt von Zügen. Lärm und hektische Betriebsamkeit herrschte auf den Bahnsteigen. Das hohe Glasdach des Hauptbahnhofs schluckte nach zweiundfünfzig Kilometern den Schienenbus.

1975 DER D-ZUG. Er hatte seine *Adidas*-Tasche in die Gepäckablage gewuchtet, seine Lederjacke ausgezogen und sich auf den freien Platz am Fenster gesetzt. Wie immer war dieser Zug ziemlich voll. Wochenendurlauber, die keinen früheren Zug erreicht hatten, junge Wehrpflichtige, für die es keinen späteren Zug gab, und Studenten, die eine der beiden Universitätsstädte an dieser Bahnstrecke zum Ziel hatten.

Als der Zug den Hauptbahnhof verließ und sein Blick über die schon im Dämmerlicht liegenden Gleiskörper, die ein- und ausfahrenden Züge, die Oberleitungen und das neue große Stellwerk streifte, dachte er wieder an die Wahrheit der Worte, nach denen in einer Revolution derjenige schon die halbe Miete eingefahren habe, der die Bahnhöfe besetzt halten könne. Er würde es noch einmal nachlesen müssen. Es würde schwer werden, den Zugverkehr, die Bahnhöfe und Fahrpläne im Griff zu behalten. Er verscheuchte die zweifelnden Gedanken.

In knapp neunzig Minuten würde er sein Ziel erreicht haben. Es würde schon dunkel sein, wenn er dann den Gleiskörper durch den kleinen Fußgängertunnel unterqueren und der ermüdend steilen Straße folgen würde, die in das Neubaugebiet und zum Studentendorf führte. Am unteren Teil des Weges würde er an kleinen Einfamilienhäusern mit noch kleineren Vorgärten vorbeikommen. Am Ende würden die Grundstücke größer werden und die Häuser aussehen, als hätten ihre Eigentümer Urlaubserinnerungen aus Österreich, vom Lago

Maggiore, aus Mallorca und von der dalmatinischen Küste in einem einzigen steinernen Monument verewigen wollen, ergänzt um einen nie gesehenen englischen Rasen.

Auf dem Nachbargleis huschten die Lichter eines Gegenzugs vorbei. Die Fahrt durch die weite Ebene nahm nach dem zweiten Halt abrupt ihr Ende. Die Strecke führte dann in ein breites Tal, das von waldbestandenen Hügeln gesäumt wurde. Städte und Dörfer. Tausende einzelne Lichter, die wie ein Teppich über dem Land lagen. Nur das Aufblenden eines Autoscheinwerfers und die trüben Lampen der passierten kleinen Bahnhöfe unterbrachen dieses gleichbleibende Bild.

Von seinem Zimmer aus hatte er einen ähnlich weiten Blick auf die Universitätsstadt, aus deren nächtlichem Lichtermeer das auf einem der drei Hügel liegende, mit Scheinwerfern angestrahlte Schloss herausragte. Hinter dem Studentenwohnheim begann ein kleiner Wald, dessen dichter Bewuchs und tiefe Dunkelheit Spannern Schutz bot. Selbst an Wochenenden verirrten sich wenige Spaziergänger in dieses Waldstück. Es lud wegen seiner steilen Hanglage nicht dazu ein. Den alten Aussichtsturm, der oben auf dem Berg stand und einen weiten Blick auf die Stadt und den Flusslauf im Tal bot, erreichte man über eine auf der anderen Bergseite liegende, neu ausgebaute Zufahrtsstraße schneller und bequemer.

Trostlos die Bahnhöfe, an denen der Schnellzug hielt. Die alten Bauten waren vor einem Jahrhundert als Symbole der neuen Zeit erbaut worden. Der Fortschritt hatte damals in Gestalt des Eisenbahnverkehrs auch diese ländliche und abseits der alten großen Verkehrswege liegende Gegend erreicht. Wilhelminismus, eklektische Anleihen an Stilepochen der Vergangenheit. Patinagrüne Türmchen, Rundbögen, Säulenportale, hohe Eingangshallen, Rosetten und kleine Statuen, dazu immer wieder gewaltige Eisenkonstruktionen. Die verspätete Gründerzeit setzte sich damals ihre Denkmale. Die alten Stadtkerne mit ihren engen Gassen und kleinen Fachwerkhäusern wurden allmählich zu Altstadtvierteln. An ihren Rändern wucherten neue Wohnquartiere mit mehrstöckigen, Seite an Seite stehenden Mietskasernen oder prächtigen Bürgerhäusern.

Die Koordinaten der Stadt verschoben sich. Industriebauten und Bahnhöfe boten den alten Kathedralen Paroli. Auf freiem Feld, am Rande der Städte gebaut, wurden die Bahnhofsquartiere binnen kurzem zu neuen Mittelpunkten.

Die beste Zeit dieser Bahnhöfe war nun vorbei. Ihr Gesicht war gezeichnet von Umbauten am

Hauptgebäude, von verfallenden Güterhallen, trostlosen Bahnsteigen und flachen Anbauten, die das Informationsbüro des örtlichen Verkehrsvereins oder einen Kiosk beherbergten. In ihrem Innern waren sie nicht mehr prächtiger Raum für ankommende oder abfahrende Reisende. Hier beginnen oder enden auch heute noch lange Zugfahrten, aber die Bahnhofshallen markieren nicht mehr die Grenze, die die Welt der schmauchenden Dampflokomotive, der Coupés und Fernreisen, rasender Geschwindigkeit und unzähliger Gepäckstücke mit der Trägheit und Behaglichkeit der kleinen Stadt verband. Ihre Funktion hatte sich schleichend gewandelt. Bahnhofsrestaurants wurden zu Räumen, die man als Reisender mied. Nischen und Ecken, die als funktionsloser Teil des Ganzen das Auge erfreut hatten, verschwanden hinter rechteckigen Glaskuben, die die Wände verdeckten und den Raum verengten. Friseurläden, Schnellreinigungen, Lotto-Toto-Annahmestellen. Versiffte Toiletten. Vorfreude auf eine geplante Reise stellte sich hier nicht mehr ein.

Der junge Mann stieg aus. Er bahnte sich den Weg durch die zum Ausgang drängelnden Mitreisenden. Der als Halbkreis angelegte begrünte Bahnhofsvorplatz war zum Parkplatz geworden. Früher hatte der Fluss die Stadt vom Bahnhof getrennt. Eine Brücke verband sie. Heute verschwanden beide unter der monströsen Stahlbetonkonstruktion der Stadtautobahn.

1992 DER ICE. Die Klimaanlage würde ihm wieder eine leichte Erkältung bescheren. Selbst wenn er sich auf den Gangplatz setzte. Wieder hatte er Schwierigkeiten, den Sitz richtig zu justieren. Ein Akt, den er auf seinen Fahrten mit dem neuen Schnellzug der Bahn, *ICE* genannt, schon mehrfach hatte bewältigen müssen, und ein Schauspiel, das er immer wieder gerne bei Mitreisenden beobachtete. Man musste einen in der Armlehne versteckten Knopf fest und anhaltend drücken, mit dem Oberkörper Druck auf die Rückenlehne ausüben, und – das war das Problem – man durfte sich nun nicht einfach nach hinten stemmen, sondern musste, so als erwarte man Wunderbares, ruhig sitzen bleiben und auf Erfolg hoffen. Wer sein Gesäß auch nur einen Zentimeter hob, hatte keine Chance.

Er ließ den Sitz in seiner vorgefundenen Stellung und machte es sich, den Rücken leicht dem Fenster zugekehrt, bequem. Die vorbeihuschenden Häuser und Straßenkreuzungen, die blitzartig auftauchenden und verschwindenden Oberleitungsmasten machten ihn nervös. Wie ein gerader Strich durchschnitt die Trasse des Renommierzugs das Land. Wo Flüsse, Täler oder Hügel die Landschaft geprägt hatten, fiel der Blick auf gigantische Brückenkonstruktionen, in blassen Farben gehaltene Lärmschutzwälle und kahle Tunneleinfahrten, die wie offene Wunden am Berg lagen. Nie war die Minute kostbarer als heute. In weniger als drei Stunden würde der Zug die über vierhundert Kilometer bewältigt haben. Zwischenhalt in zwei Städten, also drei Etappen. Am Ende der ersten würde er die Tageszeitung und das Nachrichtenmagazin gelesen haben, auf dem zweiten Teilstück nochmals sein Referat auf dem Walkman anhören und in der knappen dritten Stunde entspannen und sich einen Videofilm ansehen.

Er lag gut in der Zeit und legte die Lektüre auf den Nebenplatz. Zurück würde er fliegen, eine gute Stunde ließ sich gewinnen. Er hoffte auf einen wolkenlosen Himmel und klare Sicht auf die Heimatregion. Die Batterien seines Walkmans hätten doch gewechselt werden müssen. Das Befremden beim Hören der eigenen Stimme wurde durch ein leierndes Geräusch und die schwankende Lautstärke noch verstärkt.

Der ICE machte sich auf, die dritte Teilstrecke zu bewältigen. Er hatte sein nagelneues

Highscreen-Notebook auf den Knien. Gedanken, die sonst sicherlich verlorengehen würden, wurden per Tastatur und Festplatte verewigt. Entspannen würde er sich nach der Konferenz.

Sein *Boardcase* in der einen und seinen Trenchcoat in der anderen Hand eilte der Mann am Ende der Zugfahrt zum Taxistand.

Clara

SIE HATTEN SICH NICHTS ZU SAGEN. Das Schweigen sorgte nicht nur für Stille an ihrem Tisch. Es lag wie versteinert zwischen ihnen. Auch in den Minuten zuvor war kein Wort gewechselt worden, und auch in den nächsten Minuten würde kein Wort fallen. Darauf ließ sich eine Wette abschließen.

Sie waren im besten Alter, vielleicht auch erst bald im besten Alter. Er wurde vor dreiundvierzig Jahren in Basel, genauer in Kleinbasel, auf der rechten Rheinseite geboren. Sie vier Jahre später auf der deutschen Seite der Grenze, in Weil. Sie lebten zusammen. In Riehen. In einem hübschen kleinen Haus, in gepflegter Umgebung, unbehelligt durch den nahen Grenzverkehr und die einen Parkplatz suchenden Besucher der

Fondation Beyeler. Kennengelernt hatte sich das Paar wenige Monate zuvor an einer Tram-Haltestelle.

Sie waren grundverschieden. Manche Paare zehrten von dieser Ungleichheit, von Widersprüchen und Eigenheiten, kultivierten sie regelrecht. Sie nicht. Das Trennende wucherte einfach. Sie ließen es wuchern. Auch darüber hätten sie sprechen können. Doch ihr Miteinander-Reden, das keineswegs zu ihren Stärken zählte, hatte nochmals gelitten. Bereits die Frage, ob sie überhaupt jemals wirklich miteinander gesprochen hatten, würde einen Streit auslösen. Ein Streit, der nichts klären würde.

WENIGSTENS EIN STREIT! Dachte die Frau nicht zum ersten Mal. Ein Streit über das Schweigen. Sie schaute seit Minuten durch das Panoramafenster. Boote liefen ein und wurden festgemacht. Über den Dächern glühte der Himmel. Das Abendrot kündete vom bevorstehenden Ende dieses Tages. Auf der anderen Seite des Hafenbeckens herrschte noch reger Autoverkehr. Und immer noch betraten Gäste das Restaurant und fragten nach einem freien Tisch. Die Schiefertafel, auf der *Complet ce soir* geschrieben stand, hatten sie wohl übersehen – oder die Notiz nicht verstanden.

Das Wasser schmeckte nach Chlor. Er hatte eine Karaffe bestellt, statt einer Flasche Mineralwasser. Er nahm nur einen kleinen Schluck. Sein neben der Serviette abgelegtes Handy brummte. Er sah, wer ihn um diese Zeit noch sprechen wollte, und nahm den Anruf nicht an. Das Projekt schien also doch heftig zu wackeln. Falls es ernsthafte Probleme gab, würde das viel Geld kosten. Viel viel Geld. Er gab sich einen Ruck, griff nach dem Telefon, legte es aber sofort wieder auf den Tisch.

Sie dachte, hätte er doch das Handy genommen und wäre damit nach draußen gegangen. Dann wäre das Schweigen für einige, wenn nicht sogar für zehn oder zwanzig Minuten unterbrochen worden. Ohne dass ein Wort hätte fallen müssen. Ihr Schweigen wäre an den Nachbartischen nicht mehr als Schweigen wahrgenommen worden.

Sie beobachtete aus dem Augenwinkel, wie er seine Hälfte der *Amuse-gueules* mit dem Gäbelchen zerlegte, wieder zusammenschob und in seinem schmalen Mund verschwinden ließ. Er wiederholte das Zerlegen, Zusammenschieben und Verschwindenlassen zwei Mal. Sie deutete an, ihm auch ihre drei gerollten Mini-Crêpes – Lachs, Makrele, Algen – zu überlassen. Doch er schob das ovale Tellerchen wieder zurück. Weiter als an die

71

Stelle, wo es sich befunden hatte. Sie rückte es wieder in die Mitte des Tisches.

NACH KURZEM ZÖGERN hatte er sich zu den Austern im Speckmantel durchgerungen. Die Gänseleber stand auf jeder Speisekarte und wäre dann doch zu gewöhnlich gewesen. Sie hatte sich für das Thunfischtatar auf Buchweizenplätzchen entschieden. Dazu bestellte sie einen Petit Chablis. Das Körbchen Brot wurde aufgetragen. Der Wein kam in einem Kühler mit Eiswasser. Dem Kellner wurde mit einem Nicken die Zufriedenheit bekundet.

Er fuhr sich mit der Hand über das Gesicht. Spätestens übermorgen würde er sich rasieren müssen. Die Wangen juckten bereits. Er schob seine Brille zurecht, nahm sie ab, wischte mit der Serviette flüchtig über die Gläser, setzte sie wieder auf. Das Projekt war von Anfang an zum Scheitern verurteilt gewesen. Nein, soweit durfte man nicht gehen. Aber die Probleme waren absehbar, vor allem die, die... Halt, so einfach war das nicht. Auch wenn es die Geschäftsleitung gern so sehen würde. Er nahm einen Schluck des chlorigen Wassers, bemerkte, dass sie mit den Augen weit draußen auf dem Meer und mit den Gedanken tief drinnen in ihrem Innern war.

Er befreite mit der Gabel die Auster von ihrer Umhüllung. Sie widmete sich ihrem Tatar und dem winzigen Häuflein Salicorne und Gemüseschaum. Es war unübersehbar, dass ihm das Wasser nicht schmeckte. Doch im Nachhinein ein *Perrier* oder wenigstens ein *Plancoët* zu bestellen, widerstrebte ihm. Er gab ungern zu, eine Fehlentscheidung getroffen zu haben oder auch nur eine Entscheidung korrigieren zu wollen.

Der Duft des Weins hatte etwas Betörendes. Ein Versprechen, das leider nicht jede Flasche einlöste. Wie dieser Urlaub, mit dem sie letzte Hoffnungen verbunden hatte, die sich sofort als Illusionen entpuppt hatten. Sie wäre jetzt gern auf dem grünen Segelboot dort draußen und würde dem Kapitän den Kurs überlassen, überall hin.

An einem der beiden langen Tische wurde einem alten Mann mit einem leisen Toast zum Geburtstag gratuliert. Irgendwo ging ein Weinglas zu Bruch. Ein englisches Paar kämpfte sich durch die Speisekarte. Am Ausschank klingelte das Telefon, niemand nahm ab. Der Autoverkehr jenseits des Hafens hatte etwas nachgelassen. Mit der aufkommenden Ebbe würden unterhalb der Kaimauer schon bald die ersten Boote freiliegen. Die Abendstunden vergoldeten den Augusttag.

Er traktierte den Hummer. Die Zange hatte er beiseitegelegt. Er beugte sich noch weiter nach vorn, hing über seiner Hummerhälfte und benutzte Messer und Gabel so, als wolle er ein Entrecôte anschneiden. Die Schale knirschte. Einige Tropfen Sauce landeten auf seinem Hemd. Er fluchte still. Man konnte ihn nicht für die Fehler verantwortlich machen. Gerade ihn, der früh Bedenken gehabt hatte, diese zwar nicht geäußert, aber zuvor auch nicht lauthals in die *High-Five*-Euphorie eingestimmt hatte. Ja, er hätte bei nächster Gelegenheit zur Vorsicht gemahnt. Wahrscheinlich. Er wischte mit der Serviette über die Flecken auf der Tischdecke. Das Hummerfleisch schmeckte nicht übel. Doch einhundertdreißig Euro allein dafür hinzulegen, fand er übertrieben.

Ihr kurzes Lachen glich einer Explosion. Sie hielt sich die Serviette vor den Mund. Der 2016er Meursault schmeckte ihr. Sie hatte bereits zwei Mal nachgeschenkt. Sie dachte an die sanfte Landschaft. Graue trutzige Gehöfte. Langweilige Kleinstädte. Auf ewig festgeschriebene Eindrücke. Eine erste große Liebe. In eben diesem Jahr, das schon zwei Jahrzehnte zurücklag, war sie voller Träume und Hoffnungen gewesen. Diese fand sie heute unversehrt nur noch in einer Flasche Wein wieder. Oder vielleicht auf einem unbekannten Segelboot.

Geübt entnahm sie zunächst dem Mittelteil die großen festen Stücke. Sie aß mit Genuss, zelebrierte den Verzehr des königlichen Krustentiers, das hier oben in der Bretagne so einzigartig schmeckte und gleichzeitig unspektakulär auf Märkten oder direkt am Wasser verkauft wurde. In einfachen blauen Kisten, wie auch Austern, Krebse, Seespinnen oder Pfahlmuscheln. Er traktierte mit wenig Erfolg das Schwanzstück und schaufelte dafür das Gemüsepüree in sich hinein. Sie spießte in aller Ruhe ein winziges Stück nach dem anderen auf, auch die allerkleinsten Portionen aus Scheren und Beinen. So geduldig tat sie auch ihre Arbeit im Labor des Chemiekonzerns, in dem sie ihre Brötchen verdiente.

DER ABEND WAR OHNE BESONDERHEITEN, ohne erwähnenswerte Geschehnisse verlaufen. Ein Sommerfest wie viele andere. Bekannte und unbekannte Gesichter, interessante und stupide Smalltalks, überraschendes Wiedersehen nichtssagender Menschen. Flüchtige Blicke, die zu einem Flirt verführen konnten. Besitzergreifende Gesten. Gelangweilte und aufgekratzte Gäste, Drängelei am Buffet und bei den Getränken.

Sie hatten viel getrunken, zu viel. Schließlich mussten sie nach der Party noch die zwanzig

Kilometer nach Riehen bewältigen, mit ihrem nagelneuen Auto. Sie verzichteten dann beide auf einen weiteren Schluck und verabschiedeten sich schon kurz nach zweiundzwanzig Uhr von den Gastgebern. Sie waren lange genug dagewesen, hatten sie doch sechs Stunden zuvor zu den ersten Gästen gezählt.

Er hatte ihr Angebot, sich ans Steuer zu setzen, abgelehnt. Ihre Rechnung, fünf Gläser Wein und das bisschen Champagner seien selbst für eine Frau wohl leichter zu verkraften als vier Halbe Fassbier und drei oder vier Gläser Whisky, ließ er nicht gelten. Er setzte sich ans Steuer, öffnete seinen Gürtel und fuhr los.

Sie lehnte sich zurück, döste. Er fuhr gewohnt schnell. Unterwegs, kurz vor der Kuppe, den Sendemast schon in Sichtweite, fummelte er an seinem Hosenlatz herum und griff nach ihrer Hand. Nach wenigen Minuten rutschte sie etwas zur Seite und beugte sich hinab zu seinem Schoß. Er stöhnte wie gewohnt, doch dann gab er Laute von sich, die sie von ihm noch nie gehört hatte. Brummende Unterwassergeräusche, panisches Brüllen, ein fluchender Schrei. Der Wagen schlingerte. Für eine Sekunde quietschten die Reifen. Sie erschrak, fuhr hoch, bäumte sich auf, starrte in die seltsam schimmernde Dunkelheit.

Ein Tier, ein Reh, ein riesengroßer Hund – oder nur ein Stück Holz, ein abgebrochener Ast?

Für sie wurden die Sekunden zu Minuten. Doch er hatte das Auto bereits zum Stehen gebracht. Sie starrte ihn an, er ließ seinen Kopf auf das Lenkrad fallen. Sie drehte sich um und schaute zurück. Nichts war zu sehen. Wahrscheinlich war der Zusammenprall schon vor der leichten Linkskurve geschehen. Wieder Sekunden, die als Ewigkeit daherkamen und sie zu erdrücken drohten.

Er war ebenfalls ausgestiegen und umkreiste das Auto. Der Schaden schien gering zu sein, denn er winkte ab und drängte, sie möge wieder einsteigen. Erst jetzt zog er den Reißverschluss seiner Hose hoch und schloss seinen Gürtel. Er werde doch noch einmal nachsehen. Vielleicht müsse er das Tier zur Seite schaffen.

Nach wenigen Minuten kam er zurück, außer Atem, schweißgebadet. Er wischte sich die Hände an seiner Hose ab. Ein junger Rehbock sei es gewesen, deshalb die nun doch ins Auge fallenden Kratzer am rechten Kotflügel. Natürlich tot, das sei auch besser so. Eine Viertelstunde später erreichten sie Riehen.

Erst drei Tage danach hatte die *Basler Zeitung* gemeldet, am Chrischonarain sei eine junge Frau am frühen Sonntagmorgen von einem Jäger aufgefunden worden. Einige Meter abseits der Landstraße, schwer verletzt. Alles spreche für einen Verkehrsunfall. Das vermutlich dem Unfallopfer gehörende Fahrrad habe, stark beschädigt, zwanzig Meter von der Stelle entfernt hinter einem Holzstoß gelegen. Auch dies deute, so die Polizei, auf weitere beteiligte Personen und damit auch auf Fahrerflucht hin. Dann folgte das Übliche: Hinweise, nähere Angaben, jede Polizeistation und so weiter und so fort. Einen Tag später war zu lesen, der Zustand der weiterhin bewusstlosen Schwerverletzten sei unverändert kritisch.

Sie sprachen nicht darüber. Er ließ sein Auto in der Garage und mietete in Lörrach einen Ersatzwagen. Sie umschlich nach Feierabend wankend und zitternd das Universitätsspital. Neun Tage nach dem Sommerfest kündeten drei Anzeigen – der Eltern, der Freunde und des Handballvereins – vom tragischen Tod der Neunzehnjährigen und versprachen, Clara in ewiger Erinnerung zu behalten.

SIE HATTE DEN WUNSCH GEHABT, heute Abend das *Menue Gourmandise* zu wählen. Wegen des Hummers. Er war dem Wunsch gefolgt, eher desinteressiert als willentlich. Er machte sich nichts aus Hummer. Sie hatte auch den kräftigen Wein ausgewählt, bevor er sich mit einem billigeren Muscadet abfinden konnte.

Als ihm der kleine Fauxpas der Kleckerei passierte, fiel auf, dass er sehr nachlässig gekleidet war. Nachlässig ist vielleicht nicht das richtige Wort. Ungepflegt auch nicht. Der Mix trifft es eher. Seine Sommerhose und sein leichtes Hemd waren nicht ungewöhnlich, auch nicht in einem Restaurant wie dem *Des Rochers*, wo Gäste auch mal in Bermudashorts erschienen. Doch Hemd und Hose machten den Eindruck, schon vier oder fünf Tage getragen zu sein. Vom Morgen bis zum Abend. Zum Strandspaziergang, beim Einkauf im *Super U*, auf dem Markt in Trégastel, ja vielleicht sogar bereits auf der Fahrt von Basel in die Bretagne. Schon abgetragen, verschwitzt, zerknittert, leicht verschmutzt. Die ausgetretenen Strandschuhe passten dazu. Auch sein ungekämmtes Haar, das keine Frisur erkennen ließ.

Sie war nicht eleganter oder auch bloß modischer gekleidet. Keineswegs. Jeans und eine Bluse. Blaugrau die Hose, blass gestreift das Oberteil. Doch frisch aus dem Schrank, gewaschen und gebügelt. Aber einfallslos, ja bieder. Akkurat. Sandalen. Das aschblonde Haar zu einem einfachen Pferdeschwanz zusammengebunden, kaum Schmuck, kein Makeup. Möglicherweise etwas Gloss auf den Lippen. Bleich. Ein aufgeweckter Blick, der jedoch bemüht war, nichts Verborgenes zu verraten. Eine aufrechte Haltung, die kaum eine Regung erkennen ließ. Sie war bei sich. Diesen Eindruck musste man haben.

ZWISCHEN DEM HAUPTGANG UND DEM DESSERT gewährte das Personal den beiden Gästen eine längere Pause. Es gab viel zu tun, das Lokal war tatsächlich bis auf den letzten Platz besetzt. Während er in seinen Kontakten hin und her zu irren schien, legte sie ihre Hände flach auf den Tisch.

Mit Daumen und Zeigefinger berührte er in ungleichmäßigem Takt den Bildschirm seines *iPhones*. Er wischte, bestätigte, wechselte die Anwendung, zog größer und fluchte, stimmlos. Sein Gesichtsausdruck verriet es. Er ritt ein Pferd, das im gestreckten Galopp Hürden nahm, Bäche übersprang, nicht zu halten war. Erst als es sich aufzubäumen drohte, legte er das Telefon wieder ab.

Ihr Blick fing sich in den Segeln eines Bootes, die von zwei Männern mit gleichmäßig kräftigen Bewegungen eingeholt wurden. Sie strich mit ihrer rechten Hand über die Finger der linken, fünf Mal.

Langsam, ruhig, fast zärtlich. Dann schenkte sie der rechten Hand dieses Gefühl, beachtet, verwöhnt und gemocht zu werden. Gleichfalls fünf Mal. Das sollte sie wiederholen, bis die junge Bedienung fragte, ob sie den Nachtisch servieren dürfe.

Er fuhr sich durchs Haar, verschränkte seine Beine, wippte mit seinem rechten Fuß zu einer unbekannten Melodie. Seine müden Augen verweigerten sich der Sinnlosigkeit seiner inneren Anstrengungen. Das Projekt würde scheitern, der Auftrag neu ausgeschrieben werden und die Konventionalstrafe die Jahresbilanz verhageln. Mehr als verhageln. Auch seinen Jahresbonus. Er nahm das Brummen des Telefons nicht mehr wahr. Er rückte seinen Stuhl ein wenig zurück, atmete tief durch und musste zur Kenntnis nehmen, dass seine fünfzehn Kilogramm Über-gewicht deutlich zu erkennen waren. Vor allem dort, wo er jetzt einen Zipfel seines schmuddeligen Hemds in den Hosenbund zu stopfen versuchte.

Während ihre eine Hand ruhig auf dem rechten Oberschenkel lag und sich sanft hin zu ihrem Schoß bewegte, spielte die andere mit ihrem linken Ohrläppchen. Sie hatte schon als Mädchen und junge Frau die Gabe besessen, mit der einen Hand dieses, mit der anderen jenes zu tun, so, als seien beide Hände völlig unabhängig voneinander. Als seien die Bewegungen und Berührungen noch nicht einmal über ein Nervensystem und gewolltes Tun verbunden.

Sie genoss den Moment, in dem ihr die eine und die andere Hand gleichzeitig, in ein und derselben Sekunde unerwartet den erstrebten Genuss verschafften. Im Labor fielen manchmal auf ähnliche Weise die gelungene Reaktion in der Petrischale und ein ihr Glück versprechender Traumgedanke zusammen.

DIE KARAFFE WURDE AUFGEFÜLLT. Die in einer nicht zu kleinen Tonschale aufgetragene Crème Brûlée war jetzt ganz nach seinem Geschmack. Ihrem Faible für Sorbet, Früchte und außergewöhnliche Aromen konnte er nichts abgewinnen. Er löffelte darauf los. Sie pikste eine Heidelbeere so vorsichtig auf, als habe sie Angst, diese zu verletzen.

Vor einem guten Jahrzehnt war es noch wesentlich leichter gewesen, Projektunterlagen und Protokolle einfach verschwinden zu lassen. Vorarbeiten, E-Mails, der SMS-Verkehr und die unzähligen Memos konnten heute nicht mehr einfach irgendwo versenkt oder gelöscht werden. Es sei denn, man war Minister oder Konzernchef. Er hatte sich zum Glück oft herausgehalten. Jetzt musste er nur den richtigen Zeitpunkt erwischen, um auf eine Weise vorzupreschen, die nicht wie Vorpreschen aussah. Gegebenenfalls ließe sich doch noch das eine oder andere korrigieren, bereinigen, aktualisieren. Vielleicht sollte er den nächsten Anruf annehmen. Er sei noch spät schwimmen gewesen, wäre eine glaubwürdige Ausrede. Oder ein Kind habe im Hotel irrtümlich einen Feueralarm ausgelöst.

Sie würde ihn verlassen. Mit allen Konsequenzen. Riehen adé. Das Atelier im Dachgeschoss adé. Die guten Aussichten auf die Laborleitung adé. Denn sie würde auch ihre Arbeitsstelle aufgeben, Basel den Rücken kehren. Nie mehr die Wälder um Sankt Crischona erkunden, nie mehr die langweiligen Sommerfeste der Huggels und Wyggs besuchen. Und dort nie mehr einem verlorenen, seelengleichen Blick ins Unbekannte begegnen.

Sie ließ das Sorbet auf ihrer Zunge schmelzen, schaute sich um und überlegte, mit wem sie – wäre dies möglich – jetzt sofort aufbrechen würde. Mit welchem der Männer, mit welcher Frau. Wem traute sie zu, ihr Begehren zu verstehen und diesem zu entsprechen. Jetzt, hier, sofort. Niemandem! Ihre Ernüchterung verlangte nach einem Lambig.

SIE VERZICHTETEN AUF DEN KAFFEE. Jetzt telefonierte er schon länger als zehn Minuten. Sie schaute ihm zu, wie er aufgeregt und ununterbrochen nickend, wenig selbst sprechend am Kai auf und ab ging. Er trat gegen eine Getränkedose, stellte mal den rechten, mal den linken Fuß auf die niedrige Kaimauer, blickte verstohlen hinauf zum Panoramafenster des Restaurants.

Sie süffelte ihren Digestif in klitzekleinen Schlucken. Das leichte Brennen im Hals tat ihr wohl. Den letzten Tropfen holte sie sich mit der Zungenspitze. Vier Wochen war es nun her. Eine unendlich lange Zeit. Wie viele Wochen mussten noch ins Land gehen? Sie könnte einen Blumenstrauß am Grab ablegen.

Er warf im Vorraum des Lokals einen kurzen Blick in eine Vitrine. Ihm war im vergangenen Monat einiges entglitten.

Die Wirtin brachte die Rechnung, die sie sich teilten.

Der Flötenspieler

(Rue de Chabrol, 1970)

Für Regina

GESCHÄFTIGKEIT MACHTE SICH BREIT. Rasselnde Rollläden wurden hochgezogen. Ein großgewachsener Senegalese im blauen Kittel schwang seinen Reißigbesen in einem gemächlichen eintönigen Rhythmus. Das Wasser aus den Hydranten spülte den gröbsten Unrat die Rinnsteine hinunter. Hinter immer mehr Fenstern wurde Licht gemacht. Große Hoftore wurden aufgeschlossen. Aufwartefrauen warfen einen verstohlenen Blick auf die ersten Passanten. Die Lastwagen der Lieferanten suchten ihren Weg. Vor den vielen kleinen Läden wurden Obst- und Gemüsestände aufgebaut. Ein Telegrammbote stand unschlüssig vor einem Klingelbrett.

Obwohl die aufgehende Sonne noch nicht zu sehen war, spielte sich ihr morgendliches Licht schon in den Glasfassaden der nahen Hochhäuser. Am Fenster einer im dritten Stock liegenden Wohnung begrüßte eine nur mit einem Unterrock bekleidete Frau gähnend den neuen Tag. Kellner in langen weißen Schürzen wischten die Tische der Cafés, aus denen der Geruch frischen Kaffees und knuspriger Croissants strömte. Immer mehr Menschen verschwanden in der nahen Metrostation. Kindergeschrei und Klaviergeklimper waren zu hören. Ein streunender Hund wühlte zwischen den an der Ecke aufgestellten Mülltonnen. Zwei Prostituierte verabschiedeten sich vor dem Treppenaufgang einer Absteige voneinander. Ihre Gedanken waren schon bei ihrem wohlverdienten heißen Bad oder bei der Wärme an der Seite ihres noch schlafenden Geliebten.

Die Sirene eines Feuerwehrautos schreckte sogar den im Eingang einer Bank schlafenden *Clochard* auf. Die ersten Schulkinder warteten schwatzend an der Bushaltestelle. Es würde ein schöner Tag werden. Fenster wurden geöffnet und blieben offen. Metzger und Fischweiber schliffen ihre Messer. In einem Wettbüro klingelte minutenlang das Telefon. Der Bäckerjunge brachte einen großen Korb voll mit Baguettes zum nahegelegenen Hotel. Die *Flics* des Viertels traten ihre Tagesschicht an und begannen vor dem Revier ihren ersten Rundgang. Ein Bus voller Touristen hatte Schwierigkeiten, die in einer schmalen Seitenstraße gelegene Garage des Hotels zu erreichen. Das kleine Schaufenster eines Pfandleihers war in der Nacht eingeworfen worden. Taxifahrer vertraten sich die Beine. Jetzt wurden auf einem Karren auch Kübel voller Blumen angeliefert. Alte Frauen, in Hausschuhen und einen Korb in der Hand, machten frühe Besorgungen. In umliegenden Büros wurden von den ersten Angestellten Begrüßungen ausgetauscht und Rollladenschränke aufgeschlossen. Im Hinterhaus war Radiomusik zu hören. Paris war erwacht.

In weniger als zwei Stunden würde auch dieses Viertel durch hupende Autofahrer, hastig eilende Menschen, Klagen über die aufkommende Schwüle, Gedränge auf den Gehsteigen und von den Ausdünstungen von Menschen und Metrostationen geprägt sein. Ein Krächzen und Kreischen. Am Himmel das Brummen der schließlich auf dem dreißig Kilometer entfernten Flughafen landenden Maschinen, unter der nahen Brücke das Pfeifen der den Bahnhof verlassenden oder erreichenden Fernzüge. Das Zuschlagen einer Tür oder das Zerspringen eines herunterfallenden

Glases würde einen anderen Klang haben als zwei Stunden zuvor. Ein Pistolenschuss würde keine rumorende Stille mehr durchschneiden, sondern im undefinierbaren Brodeln der Stadt untergehen. Der Morgen würde seine einzigartige Melodie verloren haben.

In einem Hinterhof, auf einem kleinen Stück ungepflegten Rasen, neben einer zerschundenen alten Grazie in Gips. Ein kleiner Junge, seine Flöte an den Lippen, freut sich über die Töne der von ihm in diesem Moment ausgedachten Melodie.

Das blaue Boot

DIE TERRASSE WAR BEREITS GUT BESETZT, obwohl es vom nahen Kirchturm gerade erst elf Uhr geschlagen hatte. Ein spätes spärliches Frühstück, eine Erfrischungspause während einer Wanderung, ein frühes Eis für die Kinder, ein Apéro vor dem Mittagessen, ein Kaffee für die zwanzig Minuten des Ansichtskartenschreibens.

Die Wirtin, eine rotblonde Mittvierzigerin, nahm die Bestellungen auf, wechselte ein paar Worte mit einem Gast, richtete immer wieder ihre Brille. Diese saß mal vorne auf der Nasenspitze, mal wurde sie hoch ins Haar geschoben.

Gaëlle, so hieß die Wirtin, bat die älteren Damen, die mit einer Kreditkarte zahlen wollten, an die Theke im Gastraum, räumte deren Gläser und Teller auf ein Tablett und nahm am

Nachbartisch eine Bestellung entgegen. Sie sah einen kurzen Augenblick mürrisch auf, da sich der Gast nicht entscheiden konnte, welchen Belag er für seine Galette wählen sollte. In diesem Moment fuhr im Schritttempo ein schwarzer *Land Rover* vorbei, wohl auf dem Weg hinunter zur Mole. Auf dem breiten Anhänger ein blaues Boot. Frisch gestrichen, schmuck.

Die Wirtin erschrak, war für einen Augenblick irritiert.

„Ich nehme dann doch die *Tartiflette*. Dazu eine halbe Flasche Cidre. Brut."

Gaëlle wiederholte die Bestellung. Sie schaute dem blauen Boot nach und traute ihren Augen immer noch nicht.

„Ach was, ich nehme eine normale Flasche, eine große", fuhr der Gast in Gaëlles sich von der Terrasse der *Treuberdine* entfernenden Gedanken.

Sie wandte sich dem Mann zu, dessen Akzent den Holländer oder Deutschen verriet.

„Gut. Danke."

Gaëlle Le Brun rückte ihre Brille zurecht, nahm das Tablett wieder auf und kassierte endlich die beiden an der Theke wartenden Damen ab.

LÉA UNTERHIELT IHRE MUTTER mit allerhand Späßen. Sie tippte auf ihr Smartphone, das ein ulkiges Foto oder ein seltsames Video zeigte. Die Zehnjährige lachte dazu, hielt ihrer Mutter das Smartphone unter die Nase, drehte es wieder weg und begleitet von einem Kichern wieder hin. Das ging in einem Fort so. Nur unterbrochen von der Suche des Mädchens nach einem anderen Foto oder Clip.

Emilie Douarnez war froh, dass ihre Kleine sie auf andere Gedanken brachte. Und offenkundig selbst nur Schönes denken konnte. Für anderes schien in ihrem Kopf kein Platz zu sein. Welch ein Glück. Ein Privileg. Emilie Douarnez amüsierte sich jetzt auch über die Missgeschicke der Frau im Katzenvideo. Sie lachte mit ihrer Tochter, vielleicht etwas übertrieben, doch befreiend, böse Gewissheiten vertreibend.

Léa schlief noch, als David am frühen Morgen angerufen hatte. Emilie saß auf der Toilette, als ihr Telefon klingelte. Sie schaute nach, doch David hatte keine Nachricht hinterlassen. Zehn Minuten später, Emilie stand unter der Dusche, klingelte es erneut. Nachdem sie sich abgetrocknet und ein Strandkleid übergeworfen hatte, schaute sie auf das Display. Erneut David, der jedoch diesmal auf die Box gesprochen und ihre vagen Vermutungen in dürren Worten bestätigt hatte. Er werde am Wochenende doch nicht kommen können. Am Montag müsse er mit

Leroy und Chapelier, dem Chef der Kanzlei und einem Kollegen, nach Paris. Samstag und Sonntag hätten er und Maurice, so hieß sein Kollege und Tennispartner, rund um die Uhr zu tun, um die heiklen Verhandlungen in Paris vorzubereiten. Er werde also – toi toi toi – erst in einer Woche nach Penvérn kommen können. Er liebe sie. Sie solle Léa grüßen und umarmen.

Emilie Douarnez wusste Bescheid. Spätestens jetzt. Ihr Mann würde also doch mit diesem Flittchen aus der Dokumentation – hieß sie nicht Morgane oder Maiwenn? – nach Le Guildo fahren. Emilie war vor drei Wochen in Davids Notebooktasche auf das Prospekt eines kleinen Hotels gestoßen. In der Preistabelle war der Zeitraum Anfang August mit einem Kugelschreiber angekreuzt. Der Wochenpreis von immerhin 1.200 Euro war unterstrichen und mit einem Fragezeichen versehen gewesen.

Léa schubste ihre Mutter zum dritten Mal an, jetzt so kräftig, dass Emilie Douarnez aufschrie.

„Du tust mir weh! Was willst du denn?"

Ihr tat das Aufbrausen sofort leid.

„Komm zeig mir noch einmal das Video mit den schmelzenden Schneemännern, meine Süße."

„Ich will ein Eis, zwei große Kugeln, mit Karamellstücken und Sahne."

„Warte auf Madame Gaëlle oder gehe nach drinnen. Für mich kannst du noch einen Weißwein bestellen, den gleichen. Madame weiß Bescheid."

Léa rutschte von der Bank und lief hopsend zum Schankraum.

Emilie verfluchte sich und ihre Gutgläubigkeit. Sie hätte es wissen müssen. Nein, falsch. Sie hatte es ja gewusst. Doch dass der Dreckskerl so weit gehen würde, überraschte sie. Eine weitere Lüge, okay. Schlimmer war, dass David eine Woche der Ferien mit Léa verschenkte, als bedeutete sie ihm nichts.

Das Paar nahm die drei Stufen zur Terrasse. Und es zog nicht allein den Blick Emilies auf sich. Auch Gaëlle Le Brun und ihr ulkiger Gast, der einen Rest Cidre in seine Tasse goss, nahmen die älteren Herrschaften sofort wahr.

Wie aus einem Film, wie in einer Fotoausstellung über die 1970er. Das dachte der Cidre-Trinker, das dachten Emilie Douarnez und die Wirtin, die alle selbst nur vage Erinnerungen an diese Zeit haben dürften. Sie waren zu jung. Doch vielleicht hatten sie eine *Arte*-Dokumentation oder ein Foto ihrer eigenen Mütter oder Väter vor Augen.

Zwischen sechzig und siebzig Jahre alt. Beide grauhaarig. Er bereits völlig ergraut, einschließlich des Frank-Zappa-Bärtchens. Sie mit einigen verbliebenen dunklen Schatten am Haaransatz; ihr Zopf reichte bis zur Hüfte. Sein Pferdeschwänzchen war eher mickrig, seine Ballonmütze aus dünnem Leinen war verblichen. Die Mütze hatte viele Sommer gesehen. Die ersten zwanzig bestimmt unter der Sonne Korsikas oder Griechenlands. Ihre lila Pumphosen, ihre mit Pailletten besetzte Weste und das mit Nadeln im Haar befestigte Stoffteil dürfte die Frau auch bereits vor Jahrzehnten auf einem Markt in der Provence, wahrscheinlicher sogar in einem *Souk* zwischen Marrakesch und Tunis für wenig Geld erstanden haben. Die Sonnenbrillen erinnerten an Janis Joplin und John Lennon. Sie trug fein ziselierten Schmuck an beiden Händen. Er stützte sich auf einen dunklen Stock aus Ebenholz.

Während sie mit ihrem *Blackberry* Fotos von einem blauen Boot schoss, das gerade von einem Mann und zwei Frauen zu Wasser gelassen wurde, legte er seine Mütze ab und winkte der Wirtin. Er schaute sich um. Jugendliche steuerten auf das Lokal zu und studierten den Aushang. Zwei Tische nebenan ging das kleine Mädchen seiner Mutter offenbar auf die Nerven. Die Frau schien nicht zuzuhören, nippte an ihrem Weißwein und blickte gedankenverloren hinüber zum Strand.

Der Sandstreifen wurde mit der aufkommenden Flut schnell schmaler. Der Alt-Hippie – Leo mit Namen, Schwabe und bis vor wenigen Monaten als Steuerberater tätig – und seine Gefährtin waren vor zweieinhalb Stunden an der Vogelwarte aufgebrochen. Ein heute mühsamer Spaziergang, der sie aber an frühere schöne Jahre erinnerte. Die Umrundung der Halbinsel hatte in den achtziger Jahren zu ihrem Tagesprogramm gehört. Damals, als sie zum ersten Mal diesen Küstenstreifen besucht hatten.

EIN UNGLEICHES PAAR. Man konnte sie auch für Mutter und Sohn halten. Es kam heutzutage nicht selten vor, das wusste Jan Koeman, dass junge Männer im Alter von achtzehn oder auch acht-undzwanzig Jahren mit ihrer Mutter Vertrau-lichkeiten austauschten. Auch kleine Zärtlich-keiten, die Jan und seine Altersgenossen früher ausschließlich ihren Freundinnen vorbehalten hatten. Und er wusste als Personalmanager, dass es zwar immer noch die Ausnahme, doch keines-wegs ausgeschlossen war, dass junge Kandidaten in Begleitung ihrer Mutter zum ersten Bewerbungsgespräch erschienen.

Sie schienen zu streiten. Leise, verhalten. Der junge Mann klappte die Speisekarte zu und schob sie zur Seite. Die Frau legte ihre Hand auf die seine. Ein mütterlicher Versuch der Beruhigung.

Jan Koeman bestellte eine zweite Flasche Cidre. Die Servierin schaute ihn erstaunt an.

„Wieder eine große?"

Er bejahte.

Sie lächelte und machte eine Bemerkung, die er nicht verstand. Sein Französisch war deutlich schlechter als sein Englisch und Deutsch.

Ihm schmeckte dieses sonderbare Getränk, das zwar sechs Prozent Alkohol enthielt, aber wie eine besondere Art Apfelsaft schmeckte. Seine Schwester Anike hatte davon auf ihrer Ansichtskarte geschwärmt, als sie zum ersten Mal in der Bretagne gewesen war. Und zum letzten Mal. Über zwanzig Jahre war das nun her.

ALS APERITIF NAHMEN SIE BEIDE ein helles bretonisches Bier. Leo Franke wählte dann doch die Fischsuppe. Carlotta Spoenli musste nicht lange überlegen. Sie entschied sich, das war vorauszusehen, für das halbe Dutzend Austern. Dazu einen kräftigen Champagner. Die Halbinsel war bekannt für ihre Krusten- und Schalentiere. Morgen oder übermorgen würden sie sich den einzigartigen Hummer *à la Treuberdine* gönnen.

Es war Ewigkeiten her, dass Marie-José und Tanguy Trebec ihnen den Geschmack an Hummer und Austern und den anderen Köstlichkeiten beigebracht hatten. Heute hieß das Restaurant immer noch *La Treuberdine*, doch die beiden Alten waren längst verstorben. Ihre Tochter führte heute das Lokal. Deren Mann, ein großgewachsener schweigsamer Normanne, mindestens zehn Jahre älter als Gaëlle, stand in der Küche.

Als sie damals hier auf der Terrasse gesessen hatten – die Terrasse war kleiner und das Mobiliar einfacher gewesen, die Sonnenschirme drohten bei jeder Böe wegzufliegen –, war eines Tages ein Polizeiauto vorgefahren. Zwei Männer der Gendarmerie befragten Marie-José und dann auch Tanguy. Danach zeigten sie den wenigen Gästen ein Flugblatt, auf dem eine junge blonde Frau, sportliche Figur, schmales Gesicht, offenes Lächeln, abgebildet war. Diese Frau sei vor zwei Tagen zum letzten Mal gesehen und gestern als vermisst gemeldet worden. Ob man sie kenne oder gesehen habe.

Die Wirtsleute hatten bereitwillig Auskunft gegeben, die sich aber darauf beschränkte, die Holländerin einige Male gesehen zu haben. Leo hatte zunächst gar nicht richtig zugehört. Außerdem war sein Französisch mangelhaft. Er sorgte sich im Angesicht der *Flics* mehr um seinen kleinen Rucksack, genauer um das Päckchen Gras, das er am Tag zuvor in Paimpol erstanden hatte. So begriff er auch erst nach dem Weggang der Polizisten und weil Carlotta plötzlich Tränen in den Augen hatte, wie „die Geschichte" geendet hatte: Die vermisste Frau war in der Nacht tot an einen Nachbarstrand gespült worden. Gestorben durch Ertrinken oder in Folge ihrer schweren Kopfverletzung. Die Untersuchungen dauerten an.

IN DEN ERSTEN MONATEN hatte Agnès Pouillard die Affäre ausgekostet, danach zumindest die regelmäßigen Treffen noch genossen. Mittlerweile wurde sie ihrer mehr und mehr überdrüssig. Eine Last, die der junge Körper und Geist Kevins nicht mehr aufwiegen konnten.

Seit mittlerweile gut einem Jahr hatte die Bibliothekarin eine ausschließlich einer Freundin bekannte Liebesbeziehung zu Kevin Stann. Dieser absolvierte damals die Abschlussklasse des Lycée Leonard Druecker in Rennes, als sich die Leiterin der Schulbibliothek dazu entschieden hatte, das Fenster zu einem anderen Leben weit zu öffnen. Der Achtzehnjährige nahm das Angebot an, das in Gestalt eines Tanzabends zum 14. Juli daherkam und von Agnès Pouillard absichtsvoll mit leichtem

Angetrunkensein und mädchenhaftem Kichern garniert worden war. Mit ernstem Gesicht und gut überlegten Worten hätte die Zweiundvierzigjährige diesen Schritt nie tun können. Das gerade Gegenteil, den hübschen Jungen einfach mit Begierde zu überrumpeln, hatte Agnès Pouillard sich nicht zugetraut.

Heute wunderte sie sich über ihren Wagemut, in aller Öffentlichkeit, wenn auch zu relativ später Stunde, mehrmals mit einem Schüler zu tanzen, ja zu flirten. Sie waren dann, gegen Ende des Festes, auseinandergegangen. Kevin tauchte im Kreis seiner Clique unter. Sie selbst tanzte weiterhin ausgelassen mit verschiedenen Männern – ein geniales Täuschungsmanöver, wie sie fand. Am Feiertag selbst, sie hatte Kevin zum Mittagessen eingeladen, verführte sie ihn mit wenigen mehrdeutigen Worten. Sie machte ihn am Ende glauben, er könne, wenn er nur mutig und frech genug sei, sogar eine sittsame Frau wie sie – sie siezten sich zum letzten Mal – erobern.

Es war dann bereits dunkel geworden, als Kevin Stann das kleine Haus am Stadtrand verlassen hatte.

Frühnebel lag über den Wiesen Zeelands, als das schrille Klingeln des alten Wandtelefons die morgendliche Stille durchschnitt. Bis Jan Koeman aus den Untiefen seines schlechten Schlafs auftauchen konnte, hatte seine Mutter bereits drei Mal laut aufgeschrien, war sein Vater die Treppe hinunter gepoltert und hatte Nelly, die Hündin, nicht aufgehört zu bellen. Was außergewöhnlich war.

In diesem Moment, die Küchenuhr zeigte 4:57h, war Jans und Anikes Mutter in ein anderes Leben eingetreten. Sie schrie vor Ohnmacht, plapperte tagelang vor sich hin, hörte mit den Vorwürfen an ihren Gott und an die ganze Welt nicht mehr auf und wurde irr. Der Vater lief auf und ab, scheuchte den Hund und griff erst nach einer eine Ewigkeit dauernden halben Stunde zur Geneverflasche. Jan ging stumm nach oben und setzte sich auf sein Bett. Er weinte nicht, niemand sollte seine Tränen sehen.

Am Mittag fischte er eine Ansichtskarte aus dem Briefkasten. Anike hatte sie ihm, ihrem kleinen Bruder, geschickt. Das Wetter sei gut, die Leute seien sehr freundlich. Es gebe viele Felsen und riesige Steine – auf der Vorderseite waren welche abgebildet –, und sie werde vielleicht bald ein berühmtes Fotomodell sein. Hahaha! Heute Abend werde sie zum ersten Mal in ihrem Leben Hummer (!!!) essen. Sie drücke ihren lieben Jan ganz fest und werde ihm etwas Schönes mitbringen.

Anike war am Vortag tot aufgefunden worden. Er würde seine Schwester niemals wiedersehen. Sie würde ihm kein Geschenk mitbringen und keine Gruselgeschichte mehr vorlesen, ihm nie mehr unter dem Siegel der Verschwiegenheit ein kleines Geheimnis anvertrauen, ihn nie mehr an ihrer Zigarette ziehen lassen. Und er würde nie mehr in ihrem Bett und an ihrer Seite schlafen dürfen, wenn die bösen Meeresgeister wieder über den Deich kamen. Davor hatte er Angst.

Einige Jahre nach diesem Julitag räumte Jan Koeman sein Elternhaus aus. Seine Mutter siechte in einer Klinik vor sich hin, sein Vater war bei einem Unfall mit dem Trecker tödlich verletzt worden. Jan, mittlerweile Anfang zwanzig, fand Briefe und Urkunden aus Frankreich, einige französische Zeitungsausschnitte und eine kleine Notiz im Lokalblatt von Haamstede. Die Kopie einer Versicherungspolice. Die Rechnungen für die Überführung, für die Urnenbestattung – an diese hatte er seltsamerweise keinerlei Erinnerung – und für den Leichenschmaus im Gasthaus *De Groot*.

Jan Koeman sortierte aus, legte weg, holte hervor, las, legte weg, sortierte und studierte.

Einige Monate später nahm er Kontakt zu einem Anwalt auf. Dieser vermittelte ihn an einen Kollegen in Rennes, Maître Leroy. Ein junger Anwalt, David Irgendwas, hatte mehrmals mit ihm gesprochen. Doch man konnte ihm auch dort nicht weiterhelfen. Die Ermittlungen seien schon 1985 bald im Sand verlaufen. Die Akte war geschlossen: ein Unglücksfall.

In den folgenden Jahren recherchierte Jan Koeman immer wieder einmal auf eigene Faust. Die Ungewissheit plagte ihn. Er verbrachte hunderte Stunden vor seinem Computer. Am Ende ziellos und zwecklos.

Jetzt, rund drei Jahrzehnte nach dem nebligen frühen Morgen, glaubte Jan Koeman die Kraft zu haben, Anikes letzten Tagen selbst nachgehen zu können. Er wollte die gewaltigen Granitsteine und die freundlichen Menschen mit eigenen Augen sehen.

Auf der Gendarmeriestation in Pleumeur-Bodou gab es keine Akten mehr zu dem Fall. Vielleicht habe er bei der Präfektur in Saint-Brieuc mehr Glück, hatte man ihm gestern gesagt. Und leider sei von den heutigen Beamten damals noch keiner hier im Dienst gewesen.

Jetzt saß er also hier, in der Nähe des Campingplatzes, auf dem Anike gezeltet hatte. Und hier irgendwo, vielleicht auf dieser Terrasse und möglicherweise gar an diesem Tisch, hatte sie die Karte an ihren geliebten kleinen Bruder geschrieben.

KEVIN STANN WAR UNAUFMERKSAM. Er holte jetzt bereits zum fünften Mal während des Mittagessens sein *Samsung Galaxy* hervor. Das verwunderte Agnès Pouillard. Ihr Liebhaber gehörte zum einen nicht zu jener Sorte junger Leute, die ihr Smartphone ohne jede Unterbrechung zu nutzen schienen. Zum anderen verdüsterte sich Kevins Gesicht mit jedem Hervorholen und Wegstecken.

Agnès rang sich durch.

„Schlechte Nachrichten?"

Kevin war nun seinerseits erstaunt, dass Agnès neugierig und sogar etwas ungehalten zu sein schien.

„Nein, nein."

Er steckte sein *Galaxy* wieder in die Hosentasche, nahm ein Stück Brot und gabelte zwei gegrillte Sardinen auf seinen Teller.

Margaux hatte versprochen, sich zu melden. Zwar sei in der Kanzlei wegen irgendeinem wichtigen Vertragswerk viel zu tun, doch ihren Kevin werde sie keinesfalls vergessen. Hundert Prozent. Und sie freue sich schon auf die übernächste Woche auf Quiberon. Sie wolle ihn verwöhnen und sich verwöhnen lassen. Das hatte seine kleine Freundin bei ihrem letzten Treffen gesagt.

Kevin hatte Zweifel, die ihn von Tag zu Tag mehr aus der Bahn zu werfen drohten. Er spürte zum ersten Mal die aus dem Nichts auftauchenden dunklen Seiten des Verliebtseins.

Mit Agnès musste er nach und nach Schluss machen. Nicht nur seine baldige mehrtägige Abwesenheit würde erklärungsbedürftig sein. Er mochte Agnès, sehr sogar, fand sie im Bett immer noch prickelnd. Er liebte ihre Art, immer wieder die *Madame* hervorzukehren, um dann doch um seine jungenhafte Männlichkeit zu buhlen. Aber mit dem Beginn des Studiums in Le Mans hatte sich bereits vieles zwangsläufig verändert. Ein neuer Lebensabschnitt. Die meisten Jugendlieben, auch die zu einer gut Vierzigjährigen, überlebten diese neue Distanz nicht. Auch wenn die Entfernung nur 170 Kilometer maß. Man sah sich nur noch alle vierzehn Tage, dann im Vier-Wochen-Rhythmus. Andere Menschen traf man täglich, manche nach vielen Jahren wieder.

Margaux war mit ihm im selben Viertel aufgewachsen. Man kannte sich flüchtig aus dem Schwimmbad und einem gemeinsamen Sommer in einer Ferienkolonie. Kinder im Alter von zehn oder zwölf Jahren. Eine Sandkastenfreundin also, gegenseitiges Heiratsversprechen inklusive.

Sie hatten sich kurz nach Neujahr zufällig wiedergetroffen. Sie wurden ein Liebespaar. Doch Margaux war seit einigen Wochen unaufmerksam, brauste schnell auf, vergaß zunächst Kleinigkeiten, dann Verabredungen. Und sie roch neuerdings anders. Er solle ihr nicht so auf die Pelle rücken, hatte sie kürzlich sogar gesagt. Sie, die nach Karneval, als sie zum ersten Mal im selben Bett aufgewacht waren, am liebsten jede Minute mit ihm verbracht hätte. Die ihre Eifersucht nicht verborgen hatte, als er ankündigte, seiner ehemaligen Schulbibliothekarin zum Trimesterende wieder beim Aussortieren, Ordnen und den Neubestellungen zu helfen. Und jetzt machte sie seit kurzem jeden zweiten Abend in der Kanzlei Überstunden oder hatte an Wochenenden seltsame Verpflichtungen – Geschäftsessen, Matineen, Theater. Sie, die Neunzehnjährige, Dokumentaristin im zweiten Ausbildungsjahr!

Sein Smartphone meldete einen Anruf. Kevin ließ es stecken. Er hatte keinen Bedarf, danach gefragt zu werden.

„Klingelt dein Telefon?", fragte Agnès gleichwohl.

„Unwichtig", antwortete er, verbunden mit einer abwehrenden Handbewegung. Als könne er damit alle noch nicht gestellten Fragen verhindern.

„Lass uns das Essen genießen."

„Natürlich. Reichen die Sardinen, oder wollen wir noch eine kleine Portion nachbestellen, mein Lieber?"

„Nein, nicht wegen mir. Ich nehme nachher noch ein Eis."

Agnès lächelte unverhohlen dem seine zweite Flasche Cidre leerenden Holländer zu. Der antwortete mit einem leichten Schulterzucken und großen Augen. Stumme Fragen lagen in der Luft.

Kevin ging zur Toilette und schaute dort auf sein Phone. Margaux. Er würde nicht zurückrufen. Stattdessen aktivierte er die Suchfunktion. So hatten sie es vereinbart, für Notfälle. In weniger als einer halben Minute wusste Kevin Bescheid: Margaux war nicht in Rennes. Nicht in der Kanzlei an der Rue de l'Hermine und nicht in ihrer Wohnung, auch sonst nirgendwo in der Stadt. Sie war an der Küste, in Notre-Dame-du-Guildo.

DAS ALTE HIPPIE-PÄRCHEN war also nicht zum ersten Mal hier. Sie hatten eine entsprechende Bemerkung gemacht, Gaëlles Eltern Tanguy und Marie-José betreffend. Und sie hatten unbedacht und redselig die verschüttete Erinnerung an den Tag des Unglücks freigeschaufelt.

Gerade mal achtzehn Jahre war Gaëlle alt gewesen. Die Holländerin einige Monate jünger. Yannick, der nette Fotograf aus Pleumeur-Bodou, hatte sie dazu überredet, hinauszufahren und Fotos zu machen.

Das war ihm leichtgefallen. Die Wirtstochter war damals in den Stammgast der *Treuberdine* verliebt gewesen, nur ein wenig und natürlich heimlich. Yannick sah gut aus, war begehrt und schon über dreißig. Er hatte in der Nähe ein altes, wieder flott gemachtes Boot liegen. Und er trank nach seiner Rückkehr vom Boot bei den Eltern immer sein Bier, oder auch zwei.

Gaëlle hatte nicht weiter gefragt, welche Fotos und wozu. Sie hatte sofort ja gesagt und, weil Yannick es vorschlug, noch am gleichen Nachmittag Anike auf dem Campingplatz besucht. Die sympathische Holländerin, die immerzu lachte und an jedem ihrer Ferientage Spaß zu haben schien, sagte ohne zu zögern zu.

So waren sie einige Tage später hinaus- gefahren. Schon früh am Morgen, als außer einem Engländer, der mit seinem großen Segelboot nach Jersey aufbrach, weit und breit kein Mensch unterwegs war. Gaëlle hatte ihrer Mutter tags zuvor angekündigt, schon früh nach Tréguier zu fahren, wo sie eine Freundin besuchen wolle. Vielleicht sogar für zwei Tage.

Die aufgehende Sonne schuf ein fantastisches Licht. Das blaue Boot schob sich durch die auflaufende Flut. Yannick war zu den Sept Îles gefahren, hatte die sich schüttelnden Kormorane, stoische Macareux, schreiende Möwen und die übervölkerten Vogelfelsen fotografiert. Dann seine beiden Begleiterinnen, die Felsen im Hintergrund. Erst zusammen, danach einzeln. Zunächst Gaëlle, dann Anike. Dann abwechselnd. Im Sweater, im nassen T-Shirt, im Bikini, schließlich barbusig. Anike lachte und streckte ihre kleinen Brüste dem Fotoapparat entgegen. Gaëlle war nicht ganz wohl dabei, doch sie tat es der hübschen Holländerin gleich. Zumal sie, wie sie jetzt wusste, einen volleren Busen vorzuweisen hatte.

Das Trio ließ die Inseln hinter sich. Um die Mittagszeit zauberte Yannick einen Picknickkorb hervor. Geräucherter Fisch, eingelegtes Gemüse, Käse, Pfirsiche. Aus der Kühlbox des alten Fischerboots holte er Limonade, Bier, Cidre und Crémant. Die beiden jungen Frauen leerten die Flasche Cidre, Yannick trank Bier. Zusammen gönnten sie sich zum Abschluss den Crémant de Loire.

Anike erzählte vom Bauernhof der Eltern und ihrem kleinen Bruder. Sie wolle schon im Oktober nach Breda umziehen und dort eine Ausbildung als Krankenschwester beginnen. Davon wisse aber noch niemand. Gaëlle bewunderte die selbstbewusste Holländerin und gab vor, im nächsten Frühjahr die Bretagne zu verlassen, um im Süden – vielleicht in Nizza, vielleicht in Cannes – in einem Hotel zu arbeiten. Yannick tat erstaunt. Ein Bedauern erkannte Gaëlle nicht.

Yannick machte noch einige Aufnahmen. Sie waren mittlerweile schon bald zehn Stunden unterwegs. Gaëlle und Anike waren müde, schläfrig. Sie verschliefen beinahe den späten Nachmittag und erwachten erst, als das leise Klicken der Kamera das Plätschern an den Schiffswänden zu übertönen begann. Aneinander geschmiegt lagen die beiden Frauen auf dem Notlager in der engen Kajüte. Klick, klick, klick. Sie blinzelten, wurden wach, räkelten sich. Klick, klick, klick. Yannick forderte sie auf, sich anzuschauen, die Köpfe zu drehen, sich an den Händen zu fassen, die Beine etwas zu verschränken. Klick, klick, klick.

Ja, sie hatten sich dann auch geküsst, flüchtig, zärtlich. Ja, sie hatten ihre Sweater ausgezogen. Klick, klick, klick. Ja, sie waren bis auf die Bikinihose nackt gewesen. Ja, sie spürten den Alkohol. Ja, sie waren mutig. Ja, es machte ihnen Spaß. Ja, ja, ja.

An mehr erinnerte sich Gaëlle nicht. Anike war plötzlich über Bord gegangen, als Yannick etwa einen Kilometer vor der Küste bei abnehmendem Wasser ein heikles Manöver zwischen jetzt freiliegenden Felsen vollführen musste. Am Bug bekam das Boot Schrammen ab, weiße Flecken im Blau. Die verrückte Holländerin habe plötzlich angefangen, lauthals zu singen und wie wild zu tanzen, als seien tausend Fotoapparate auf sie gerichtet. Sie torkelte und verschwand im Halbdunkel der Wellen. So hatte es Yannick erzählt. So hatte es Gaëlle verstanden. Auch dass die Holländerin noch minderjährig war, sie alle drei zu viel Alkohol getrunken hatten, auch er, der Bootsführer. Die Fotoaufnahmen werde er sowieso vernichten. Gaëlle müsse schweigen, dürfe niemandem von der Ausfahrt erzählen. Sonst wandere er ins Gefängnis, und sie werde niemals die Côte d'Azur zu sehen bekommen. Sie versprach es und schwieg. Er belohnte sie. Gaëlle durfte sich in den folgenden Monaten ein paarmal zu ihm legen.

JAN KOEMAN WUSSTE NICHT, warum ihn sowohl die Wirtin als auch die Dame, deren Jüngling gerade im Gastraum verschwunden war, so unverhohlen beäugten, ja offenbar begutachteten. Er konnte sich sehen lassen, war gut gebaut, auch ohne antrainierte Muskelpartien. Das wusste er. Er war freundlich, zurückhaltend, doch gern unter Leuten und wissbegierig. Er hatte altmodischen Charme – und vielleicht war es das, was hie und da auch wildfremde Frauen zu einem Flirt verführte.

All diese Charakterzüge und Äußerlichkeiten schrieben ihm vielleicht auch Gaëlle Le Brun und Agnès Pouillard zu. Es war sogar sehr wahrscheinlich. Doch als erstes würden beide, nach ihm gefragt, zweifellos aussagen: Er hat alleine in kurzer Zeit zwei Flaschen Cidre getrunken, und er hat sein blau-weiß gestreiftes Shirt bestimmt erst dieser Tage in einem Touristenshop gekauft. Er trug es wie ein Kostüm, es wirkte wie eine Verkleidung.

Der Holländer trank seine letzte Tasse Cidre aus. Als die rotblonde Bedienung wieder in seiner Nähe war, bestellte er zwei Crêpes Suzette.

Auch diesmal stutzte Gaëlle und fragte nach.

„Zwei?"

„Ja, zwei. Und einen kleinen Kaffee, schwarz."

Am Nachbartisch packte Emilie Douarnez ihre sieben Sachen zusammen. Sie lächelte dem Holländer zu und verabschiedete sich.

„Schöne Ferien, Monsieur."

Jan Koeman kramte in seinem spärlichen Französisch-Vokabular.

„Äh, ja, danke. Vielen Dank. Auch für Sie und die Kleine immer schönen Urlaub."

Léa war bereits zum Strand gelaufen. Ihre Mutter ging ihr nach.

Die Menschen waren auf diesem Fleckchen Erde wirklich sehr freundlich. So wie es auf der Karte von Anike gestanden hatte. Jan Koeman fiel ein, dass seine große Schwester für ihn sogar ausnahmsweise in Druckschrift geschrieben hatte.

Agnès Pouillard ließ sich noch einmal die Karte bringen und entschied sich für ein Sorbet mit roten Früchten. Sie würde das Fenster zu einem anderen Leben nicht wieder schließen. Nein. Aber das Fenster sollte ihr eine neue Aussicht bieten. Kevin würde Vergangenheit sein, eine schöne Vergangenheit, aber eben eine ehemalige Wirklichkeit. Sie lachte dem sympathischen Holländer zu, der das Abbrennen des Likörs auf seinen zuckersüßen Crêpes staunend verfolgte.

Während Jan Koeman nur kleine Streifen abschnitt, diese auf der Gabel anblies und zum

Mund führte, schlürfte und schmatzte Leo Franke genüsslich. Seine Languste hatte er gründlich zerlegt. Man musste dem Lokal ein Kompliment machen: Das Essen war so gut wie zu alten Zeiten. Das fand auch seine Carlotta, die seit einer Viertelstunde auf ihrem Smartphone Markttage in der Gegend, den Fahrplan für die Ausflugsboote zu den Sept Îles und die Öffnungszeiten von Galerien zu eruieren versuchte.

Es war bereits kurz nach vierzehn Uhr, als eine Kindergruppe die Terrasse stürmte, vergeblich ermahnt von zwei jungen Aufsichtspersonen. Sie schrien nach Eis und Waffeln und Sahne und Getränken. Vier alte Männer aus dem Dorf bestellten ihre Biere und bereiteten mit den seit Jahren immer gleichen Schritten und Handgriffen Tanguy Trebecs alte Bahn für einige Runden *Boule bretonne* vor.

Alle Mittagsgäste waren bereits gegangen. Außer Jan Koeman, der sich an die Barriere gesetzt und die Füße hochgelegt hatte. Er döste vor sich hin, seinen neuen Strohhut in den Nacken geschoben.

Nach einer Viertelstunde erhob er sich, entschuldigte sich für das Nickerchen und bat um die Rechnung. Er hatte das Wechselgeld schon in seiner Hosentasche versenkt, als er Gaëlle fragte, ob sie bereits vor fünfundzwanzig, dreißig Jahren hier gelebt habe.

Sie hatte ja gesagt. Er hatte dann, wie aus der Pistole geschossen, nach einem jungen Mädchen aus Zeeland gefragt, lustig und freundlich, blond wie Weizen und immer lachend. Sie sei damals hier in der Gegend tot aufgefunden worden. Ein Unglück. Ob sie sich daran erinnere, ob sie Anike vielleicht sogar gekannt habe.

Gaëlle sagte nicht ja und nicht nein. Sie plapperte, streute bretonische Ausdrücke ein. Sie sei an diesem Tag nicht dagewesen. Ihre Eltern könnten, lebten sie noch, ihm bestimmt mehr sagen. Eine traurige Geschichte.

Ihr Gast bedankte sich höflich für die Auskunft, der er nicht gänzlich hatte folgen können. Er lächelte sie an. Lange, als wolle er noch etwas hinzufügen. Als wolle er vom auf einer Postkarte festgehaltenen Glücklichsein Anikes erzählen.

Gaëlle wandte sich ab, klemmte das Tablett unter den Arm und wischte mit ihrem Lappen über den nächstbesten Tisch.

„Auf Wiedersehen.“

„Auf Wiedersehen – und vielen Dank.“

AM ABEND, Gaëlle und ihr Mann saßen wie üblich auf ein gemeinsames letztes Glas zusammen, erfuhr sie, dass Yannick Salaün wieder im Land war. Der international bekannte Fotograf, der seit vielen Jahren in Paris und Nizza lebe, aber, das wisse sie ja sicherlich, aus Pleumeur-Bodou stamme, habe im Dorf ein Haus gekauft. Er wisse es von Gaston, einem der Boulespieler, der für Salaün den Garten herrichte. Und das mittlerweile uralte blaue Boot habe der Fotograf auf der Werft in Trébeurden runderneuern lassen.

Gaëlle hörte nur mit halbem Ohr zu, nickte, stellte keine Fragen. Sie wollte die Antworten nicht hören. Nicht jetzt.

Zur Überraschung ihres Mannes schlug sie vor, noch ein zweites Glas zu nehmen.

Als sie sich damit zuprosteten rückte Gaëlle an ihn heran und schaute hinaus auf das für diese Jahreszeit außergewöhnlich bewegte dunkle Meer.

***

DAS HERRLICHE JULIWETTER HIELT SICH. Jan Koeman hatte seinen Aufenthalt verlängert. Die Küstenlandschaft gefiel ihm. Eines Morgens wurde ihm von seiner Zimmerwirtin ein Umschlag übergeben. Sie habe ihn im Briefkasten gefunden. Eine kurze

Notiz, anonym, flüchtig dahingeschrieben. Jan Koeman las die wenigen Zeilen mehrmals, seine Hände zitterten, sein Herz presste sich zusammen.

Gaëlle Le Brun hatte ihren ruhigen und erholsamen Sieben-Stunden-Schlaf verloren. Sie schlief nur mit Mühe ein, griff immer wieder zu ihrer Bettlektüre, drehte sich von einer Seite auf die andere, erinnerte am Morgen nur Fetzen von wirren Träumen oder nächtlichen Grübeleien. Sie musste eine Antwort finden.

NUR ZWEI WOCHEN SPÄTER kündigte sich in diesem Jahr bereits früh das nahende Ende der Saison durch abendliche Stürme an. Für Aufsehen sorgte jedoch ein Verbrechen.

Auf den vorderen Seiten der *Ouest France* fand sich eine kleine und im Regionalteil für das Trégor eine längere Meldung.

Penvern, 18. August. Am gestrigen frühen Abend wurde der bekannte Fotograf Yannick Salaün auf seinem vor Landrellec liegenden Boot tot aufgefunden. Nach unbestätigten Informationen dieser Zeitung wurde der in Pleumeur-Bodou gebürtige Salaün, der sich erst vor wenigen Wochen wieder in seiner Heimatregion niedergelassen hat, mit einem stumpfen Gegenstand erschlagen. Die Umstände des Verbrechens – ein Unfall wird ausgeschlossen – liegen noch im Dunkeln. Ermittlungsrichter Xavier Ruedelin hat für heute Vormittag eine erste Stellungnahme angekündigt.

Bereits am übernächsten Morgen erfuhren die Leserinnen und Leser Genaueres.

Penvern, 20. August. Die Ermittlungsergebnisse im Fall des vor drei Tagen von einem Mitarbeiter des Hafenmeisterbüros tot aufgefundenen Yannick Salaün sprechen davon, die schweren Kopfverletzungen rührten von mehrfachen Schlägen mit zwei stumpfen Gegenständen her. Obwohl die Untersuchungen noch nicht abgeschlossen seien, müsse, so Ermittlungsrichter Xavier Ruedelin, von mindestens zwei Tätern ausgegangen werden. Dafür sprächen sowohl die Art der Verletzungen als auch weitere Spuren, zu denen derzeit jedoch keine Angaben gemacht werden könnten. Der prominente Fotograf und Buchautor war nach rund zwanzig Jahren von der Côte d'Azur wieder an die Côte de Granit Rose zurückgekehrt, um hier seinen Lebensabend zu verbringen.

Tränen des Glücks

ER BLICKTE IN DEN STUMPFEN SPIEGEL und fuhr sich mit der Hand über das Gesicht. Ein Reibeisen war nichts dagegen. Wie Furchen, die das zurückgehende Wasser bei Ebbe im dunklen Sand zurücklässt, durchzogen tiefe Falten seine Wangen. Seine Augen lagen in dunklen Höhlen. Augen, die allem zu misstrauen schienen, was sie erkannten. Grau, starr, ins Leere blickend. Dazwischen eine Nase, die alles andere als klassisch-römisch war. Schief seit seinen Kindheitstagen. Gerötet vom Alkohol. Die tausend Äderchen unter der speckig glänzenden Haut machten den Eindruck, jeden Moment platzen zu wollen. Ausgetrocknete Lippen. Ein nässendes Bläschen im Mundwinkel. Gelbe Zähne und schwarze Lücken. Die Stirn zerfurcht und zerschunden. Die Platzwunde war mittlerweile einigermaßen verheilt. Zurückgeblieben waren die krustigen Reste gelben Eiters. Und sich wie Blätterteig lösende Hautfetzen, die kaum zu unterscheiden waren von den Schuppen, die seine Kopfhaut übersäten. Unaufhaltsamer Haarausfall. Kaum zu glauben, dass ihn vor einigen Jahren noch eine imposante Lockenpracht zum Liebling aller Frauen und einiger Männer gemacht hatte. Heute war sein Haar grau an der einen Stelle, gelblich-weiß an der anderen, dazwischen ein mehr und mehr nichtssagendes Braun. Schütter und fettig. Sein verknorpeltes linkes Ohr kam immer stärker zur Geltung. Wie die schlaffe Haut des Halses. Nichts erinnerte an seinen ehemals sehnigen Nacken. Und nichts an einen muskulösen Körper. Die dürren Schultern drängten nach vorne. Die Brust war eingefallen. Wie zu Jünglingszeiten war sein Rücken mit Pickeln übersät. Taille hieß das, was nichts anderes war als sich in drei Ringen um ihn schlingendes Fettgewebe. Bleich war seine Haut. Empfindlich auf Seife, Kunstfasern, Zitrusfrüchte und harte Getränke reagierend. Ein schlaffer Hintern. Beine, die ihre Muskeln abgeschüttelt zu haben schienen. Sehnen, Haut und Knochen.

Dazu noch schief. Zwischen den Beinen schreiendes Elend. Müde und steife Gelenke. Vergilbte knochige Finger. Füße, die sich am liebsten jedem Schritt verweigern würden. Arme und Hände, die nicht mehr zupacken wollten. Extremitäten, nichts anderes als Extremitäten. Der verschlissene Anzug war ihm zu groß, verknittert, schmutzig. Kinderschreck und Vogelscheuche in einem.

Er stank und geriet ins Wanken. Wie sollte er in wenigen Minuten unter die vielen Menschen treten und die kommenden zwei Stunden überstehen? Er nestelte an seinem Hosenlatz, nahm einen letzten Schluck aus dem Flachmann, zog einen Kaugummistreifen aus der Tasche und stieß gegen die Schwingtür.

Die ein Spalier bildenden Gesichter strahlten. Entzückte Hochrufe und begeistertes Klatschen begleiteten ihn auf dem Weg vom Pissoir zum mächtigen Portal. Seine Braut himmelte ihm entgegen. Die Brautmutter konnte Tränen des Glücks nicht zurückhalten.

Hau den Lukas!

DAS ENG GESCHNITTENE ROTE KLEID, ihr pechschwarzer Bubikopf, ihre schlanke, an Po und Hüfte bereits etwas mollige Figur und – alles überragend – die strahlenden Augen hatten ihn gestern Nachmittag in ihren Bann gezogen. Ihr Anblick hatte ihn überrumpelt, was er nicht sofort in seiner tatsächlichen Tragweite begriff.

Sie hatte während einer Kaffeepause in einer vielköpfigen Runde gestanden. Sie hatte nicht nur seine verstohlenen Blicke auf sich gezogen, sondern auch stieres Glotzen anderer. Sie hatte angeregt geplaudert und immer wieder gelacht. Einige Herren waren kläglich gescheitert, sich ihrem tiefen gurrenden Lachen anzuschließen.

Er hatte sich abseits gehalten, obwohl er sich ohne Aufsehen der Runde hätte anschließen können. Er hatte sich ein Glas Wasser besorgt. Am Büffet wechselte er einige Worte mit einem Fachkollegen aus Köln. Als er wieder seinen Platz an einer der Säulen einnehmen wollte, war das rote Kleid verschwunden. Er winkte einem der Männer aus der sich auflösenden Runde und rief diesem zu, man sehe sich heute Abend sicherlich beim *Get-together*.

Im Saal IV hatte er vergeblich nach ihr Ausschau gehalten. Er war Geschäftigkeit vortäuschend – ab und an willkürlich in die Reihen grüßend – an der rechten Seite des Saals bis zur Bühne, an der linken wieder zurück gegangen. Weder ihr glänzender schwarzer Haarschopf noch ihr knallrotes Kleid waren zu sehen gewesen. Er setzte sich an seinen Platz und stellte sich einer jetzt neben ihm Platz nehmenden übergewichtigen Dame und deren Sitznachbarn vor. Ein dreifaches Klingeln unterbrach das gegenseitige Sich-Bekanntmachen.

Die Fortsetzung der Nachmittagssession war dann ebenso langweilig gewesen wie ihr Beginn. Aufmerksamkeit war überflüssig. Die Statements lagen als *Management Summary* bereits auf den Plätzen. Ein Meinungsaustausch würde sowieso nicht aufkommen, sah man von den immer gleichen öden Wortmeldungen ab, die routinierte

Konferenzbesucher bereits von anderen Tagungen kannten. Und schließlich hatte die neue Zeit bereits begonnen. Die Langfassungen der Vorträge und ergänzende Dokumente sowie das Video der Abendveranstaltung würden bereits nächste Woche im Download-Bereich bei *Real Estate – Meet the Experts* zur Verfügung stehen.

Er hörte also nur mit halbem Ohr zu – auch seiner netten Sitznachbarin, der das Geschehen auf dem Podium ebenfalls egal zu sein schien. Seine viel zu schlechten Augen suchten den Bubikopf. Sein halbherziges Sich-Umschauen katapultierte ihn unversehens mehr als fünfzig Jahre zurück. Genau gesagt: Zurück in die letzte Juliwoche 1964.

ER MUSSTE WIE JEDEN ABEND spätestens um acht Uhr zuhause sein. Seine Eltern waren bemüht, ihm, dem Dreizehnjährigen, dies als Großzügigkeit verständlich zu machen. *Erst* um acht Uhr, nicht *schon* um acht Uhr.

Der Rummel füllte sich. Tausende Erwachsene, Jugendliche und Kinder schoben sich durch die engen Budengassen. Immer wieder kam es zu Stauungen vor den Ständen mit Zuckerwatte oder Mohrenköpfen, an Wurstbuden und am Softeiswagen. Bei Gewürze-Müller,

Strumpf-Liesel, bei den Messern und vor dem Eingang zum Zelt der Haushaltswarenausstellung gab es an diesem späten Nachmittag ein heftiges Geschubse. Hier konnte man schnell einen schmerzhaften Rempler einfangen und ein böses Wort an den Kopf geworfen bekommen.

Er mied die Gassen. Das Angebot interessierte ihn nicht. Abgesehen von den Fischbrötchen am Treppenaufgang zu den Bierhallen und dem dort in der Nähe stehenden Lkw von *Hein – Original Hamburger Marktschreier*, der Bananen unter die Leute warf.

Sein Weg führte auf dem Rummelplatz entlang der Schausteller und Fahrbetriebe, die für Seinesgleichen den einzigartigen Reiz des einwöchigen Vergnügens ausmachten. Vorbei am Ponyreiten, dem Karussell und der Geisterbahn, die ihn noch im Vorjahr angezogen hatten. Doch aus dem Kindesalter war er raus. Die riesige Achterbahn, der einem Geschwader von Düsenjägern nachempfundene *Wonder-Jet*. Die hier und nebenan sich rasend schnell und über Kopf drehenden Ungetüme. *Looping-Star.* Ein faszinierendes Glitzern. Tausende bunte Glühbirnen. Kreischende Menschen in Schräglage. Angefeuert durch aufmunternde Kommentare und dumme Sprüche aus Lautsprechern. Er und seine Kumpel standen gebannt vor diesen Attraktionen. Mancher Looping ängstigte sie noch, was natürlich nicht eingestanden wurde. Das schmale Taschengeld verhinderte zum Glück, dass man mehr als einmal oder zwei Mal in Versuchung geriet und der Gruppe widerstehen musste. Das Riesenrad fanden die Jungen langweilig. Autoscooter war interessanter, zumal dort in diesem Jahr auch die neuesten Platten einiger Beatgruppen aufgelegt wurden. Bei den Kirmesboxern und Steilwandfahrern wurden sie unbegleitet noch nicht eingelassen.

Doch es gab in diesem Jahr, als habe sich alles verändert, Wichtigeres und Drängenderes.

Er hatte noch eine knappe Stunde Zeit. Er schlich um die Schiffschaukel. Er begutachtete die in der benachbarten Losbude aufgereihten Gewinne und bewunderte die Kraft, mit der junge Männer am *Hau den Lukas!* die Metallscheibe nach oben jagten. Ablenkung. Täuschung. Selbsttäuschung, weil er es nicht wahrhaben wollte. Dieses unbekannte Gefühl. Der Zwang und das innerliche Zittern, die davon ausgingen und ihn nicht losließen. Wenige Minuten, die ihn danach für nicht enden wollende Stunden quälen sollten. Eine süße Qual.

Seine ganze Aufmerksamkeit galt dem dunkelhaarigen Mädchen, das unbekümmert zwischen den ausschaukelnden Schiffchen umherging. Mal einen Strick festzog, eine Schranke schloss oder nach dem Schlagen der goldschimmernden Schiffsglocke die Fahrkarten einsammelte. Sie war so alt wie er selbst, vielleicht sogar ein wenig jünger. Unter ihrem einfachen Blümchenkleid zeichneten sich bereits kleine Brüste ab, groß wie Pflaumen. Ihre Arme waren braun, von der Sonne oder vom Staub und Schmutz des Rummelplatzes. Ihr rechtes Knie war zerschunden. Sie war barfuß, und ihr schönes Haar war struppig.

Das Mädchen schaute zu ihm herüber. Zufällig oder mit Absicht? Sie lächelte. Sie lockte? Er drehte sich verschämt weg und lachte mit anderen, weil das Metallstück es nebenan gerade nur bis zum *Milchbubi* geschafft hatte.

Das Schiffschaukelmädchen war verschwunden. Er schaute sich suchend um. Panik bemächtigte sich seiner. Verzweifelt steuerte er auf das Kassenhäuschen zu, ging auf die andere Seite, umkreiste den Stellplatz. Sie war verschwunden. Weil er sich weggedreht hatte? Ja, weil er ihren Blick nicht erwidert hatte! Er ärgerte sich, war traurig, hätte heulen mögen. Er ging zur Losbude, zurück zur Schiffschaukel, hinüber zu *Hau den Lukas!* und wieder zurück. Zweimal, ein drittes Mal. Ein Halbstarker, mit kräftigen Armen und zupackenden Händen, bestimmt schon achtzehn oder zwanzig Jahre alt, tat jetzt das, was das geheimnisvolle Mädchen getan hatte. Seile festzurren, Karten einsammeln. Er half auch kichernden Teenagern aus der Schaukel und warnte übermütige Jungen schon beim Einstieg davor, einen Überschlag zu versuchen. Immer eine Zigarette zwischen den Fingern.

ER HATTE DEN EINZIGARTIGEN BUBIKOPF in der Schlange am Taxistand wiederentdeckt. Sie drängelte nach vorn, lehnte lachend das Mitfahrangebot von zwei Männern ab, wurde von anderen höflich vorgelassen. Doch die Schlange war lang. Die auf der gegenüberliegenden Straßenseite im Fünf-Minuten-Takt abfahrenden Stadtbusse wurden gemieden.

Plötzlich standen er und sie nebeneinander, als das Taxi vorfuhr. Sein Taxi? Ihres? Sie hatten denselben Weg. Beide wollten Richtung Neroberg. Sie in das neue Fünf-Sterne-Plus-Hotel am Park, er in ein alteingesessenes Privathotel unterhalb der Russisch-Orthodoxen Kirche. Beide Herbergen lagen keine fünfhundert Meter voneinander entfernt. Sie teilten sich den Wagen. Sie stieg als erste aus. Er übernahm ihre Taxe. Sie fragte, ob er noch Lust habe, vor dem Abendessen gemeinsam einen kleinen Spaziergang zu machen. Gleich, um achtzehn Uhr? Er durchforstete in Gedanken seine Garderobe. Feste Schuhe, eine Jacke, Jeans? Darauf war er nicht vorbereitet. Bevor er sich eine passende Antwort zurechtlegen konnte, sagte er zu. Er werde sie pünktlich abholen.

Das Wetter hatte ihnen dann einen Strich durch die Rechnung gemacht. Er hatte wenigstens seine Laufschuhe angezogen, was zu den Hosen mit Bügelfalte zugegebenermaßen albern aussah. Nach den ersten zehn Minuten, die sie am Weiher entlang bis zum Kriegerdenkmal gegangen waren, kam heftiger Wind auf und es begann zu regnen. Sie waren umgekehrt. Er wusste jetzt ihren Namen und Vornamen (Elke! was er, ohne es sich erklären zu können, völlig unpassend fand). Sie war Niederlassungsleiterin eines Münchner Groß-unternehmens, zuständig für Bremen und Nord-niedersachsen. Sie spielte Golf und zog irischen Whisky dem aus Schottland vor. Dann waren mehr und mehr dicke Tropfen gefallen.

Am Abend hatten sie sich noch vor dem Beginn des so genannten *Executives-Dinners*, dem Abendessen an viel zu großen 10er-Tischen, kurz

wiedergesehen und einige belanglose Worte gewechselt. Während des Abends saß Elke, er duzte
sie ungehört, an einem der drei zentralen Tische in
der Mitte des Saals. Diese waren der Geschäfts-
führung des Veranstalters und ihren Gästen vorbehalten: dem Wirtschaftsdezernenten der Stadt,
Vertretern des Hauptsponsors der Abendveranstaltung und dem Präsidenten des Branchen-
verbands. Dazu zwei Landtagsabgeordnete nebst
Gattinnen, natürlich die Tagungsreferenten – neun
Männer, zwei Frauen. Und einige Teilnehmer der
Veranstaltung, ausgewählt nach der Bedeutung
ihres Unternehmens und ihrem persönlichen
Rang. Dazu an jedem Tisch eine Frau wie Elke,
deren Position dies rechtfertigte und deren Er-
scheinung und Auftreten den gewünschten Farb-
tupfer lieferte.

 Er selbst saß an Tisch IX, zusammen mit
seiner Kurzbekanntschaft vom Nachmittag. Es
stellte sich im Laufe des fortschreitend lockeren
Abends heraus, dass seine redselige und amü-
sante Tischnachbarin *Head of Research* eines
Maklerhauses war. Ihren deutlich jüngeren
smarten Kollegen, akkurat gescheitelt, viel Gel im
Haar und ein Tattoo auf der Hand, stellte sie
tatsächlich als ihren persönlichen Sekretär vor.
Ann-Katrin (auch dieser Name passte seines

Erachtens nicht) war ein Jahr älter als er selbst und hatte vor Ewigkeiten vier Semester an seiner Universität studiert. Man war sich anscheinend nie begegnet, auch nicht im *Fuchsbau* oder im *Palace*, wo beide damals oft verkehrten, wie sich herausstellte. Man unterhielt sich köstlich, kramte in vagen Erinnerungen und fabulierte über damals Nichtgeschehenes. Leider, leider – seufzte Ann-Katrin, ihm mit einem Zwinkern zuprostend.

Als er kurz nach Mitternacht – gemeinsam mit ihrem Sekretär – seine neue Bekanntschaft in ein Taxi verfrachtet hatte, schaute er sich nach Elke um. Er hatte ihr im Trubel an der Garderobe mit Handzeichen deutlich zu machen versucht, dass er gleich zurückkehren würde.

Er war zurückgekehrt, doch der Bubikopf war nirgendwo mehr zu sehen. Er wartete vor den Toiletten, ging zurück zu den Mänteln und Jacken, warf noch einen Blick in den nun fast leeren Saal, wo bereits abgeräumt wurde. Die Kellner und Servierhilfen hatten ihre Arbeit getan. Nun räumten emsige Frauen in weißen Kitteln und mit Haarnetzen auf dem Kopf Flaschen, Gläser, Kaffeetassen und kleine Teller in Plastikwannen.

Es regnete nicht mehr. Die Idee, auf gut Glück und einen letzten Drink in der Bar ihres Hotels aufzutauchen, verwarf er, bevor er sie zielstrebig durchdenken konnte. Er ging zu Fuß los, am Kurhaus winkte er einem Taxi.

Er stand auf dem kleinen Balkon seines Hotelzimmers, blickte über die nächtlich beleuchtete Stadt. Er schloss die Augen, roch ihren Whisky, hörte ein gedämpftes gurrendes Lachen und stellte sich vor, dass Elke ihren Bubikopf mit einem absichtlichen Zögern schüttelte. Schade. Er hätte sie gern noch mehr gefragt.

ER DÜRFTE FÜNFZEHN JAHRE ALT gewesen sein, als er auf der Brücke zum Marktplatz gestanden hatte. Wie so oft in diesem Jahr. Man traf sich hier oder am nahen Grafendenkmal, nachmittags, nachdem die Schulaufgaben erledigt waren. Zu zweit, zu dritt standen sie zusammen und warteten meist vergeblich auf einen Bus mit fremdem Kennzeichen und Schülerinnen auf Klassenfahrt.

Das Städtchen war mit seinem Schloss, der Altstadt, der Klosterruine sowie den zahlreichen Töpfereien und wegen der hier seit über zwei Jahrhunderten heimischen Elfenbeinschnitzereien ein beliebtes Ausflugsziel. Kam kein Bus und hatte einer von ihnen einige Markstücke in der Tasche, gingen sie in die nahe, bei den Eltern verrufene Beiz, tranken eine Cola oder ein Bier und würfelten an manchen Tagen sogar einen Stiefel aus. Sie zogen über Lehrer her und prahlten mit geträumten Fummeleien und Zungenküssen. Samstags trafen sie sich hier im hinteren Saal zur Disco.

Manches Mal blieb er auch allein. Wie an diesem Donnerstag im September, als es vom Kirchturm halb vier schlug. Er sah wieder – wie gestern und bereits dreimal in der vergangenen Woche – das unbekannte Mädchen den Marktplatz queren. Er wusste nicht, woher sie kam und wohin sie ging. Sie war keine Einheimische, zumindest keine seines Jahrgangs. Er hatte sie vorher noch nie gesehen. Sie war nicht die Schwester irgendeines Freundes oder Bekannten. Die Kreisstadt war klein genug, um das mit Sicherheit zu wissen.

Nur zu Besuch? Bei irgendwem? Unwahrscheinlich. Sie hatte eine gewisse Routine in ihrem Gang über den Marktplatz, hoch zum Treppenweg, zum Kindergarten, zurück in das kleine Kaufhaus, vorbei an der Bücherei und der Eisdiele, durch den Torbogen am Rathaus und zurück zum Schloss und Marktplatz. Hier verschwand sie wieder im so genannten Graben. Ein Au-Pair-Mädchen? Eine Haushaltshilfe oder Babysitterin? Nur einmal hatte sie ein Kind an der Hand geführt.

Sie mochte schon sechzehn Jahre alt sein. Ihr Gesicht hatte er bisher nicht wirklich gesehen. Auf einem Porträtfoto würde er sie wahrscheinlich noch nicht einmal wiedererkennen. Doch ihre Figur, ihre Bewegungen, ihr zielstrebiges Gehen und ihr gesamtes Äußeres würde er sofort als das ihre erkennen. Ein sportlicher Mädchentyp, handfest, bodenständig. Keine langhaarige Schönheit, kein Faltenrock. Sie trug Hosen und Pullover, auch schwere Schuhe und einen dicken Anorak. Würde sie mit ihm in den *Beatclub* gehen? Würde sie vielleicht lieber tagsüber mit ihm hinaus zum Wildpark spazieren? Ein Mädchen, das genau wusste, was es wollte. Ein Mädchen, das bereits Wichtiges zu tun hatte und bestimmt immer zuverlässig erledigte. Eine Freundin zum Pferdestehlen, die einem dann mit entblößten Brüsten überraschen würde? Wie sollte er da mithalten?

Er war dem Geheimnis dieses Mädchens auch in den folgenden Wochen nie auf die Schliche gekommen. Er hatte an manchen Tagen vergeblich auf sie gewartet, an anderen war er ihr einige Minuten gefolgt – in zu großem Abstand, wie er heute wusste – und hatte sie vor der Kreissparkasse oder hinter dem Rathaus plötzlich aus den Augen verloren. Dann war sie ganz verschwunden, nicht mehr zu sehen gewesen. Er wollte es lange nicht wahrhaben. Doch es war dann schließlich November geworden, und auch er hatte anderes zu tun gehabt.

ER WAR AUSSER ATEM. Die achtunddreißig Treppenstufen hinauf in die obere Etage des neuen Kongresszentrums machten ihm zu schaffen. Er hatte sie jetzt bereits fünfmal genommen. Dreimal hinauf, zweimal abwärts. Doch von Elke war nichts zu sehen. Er schaute auf sein Smartphone, die Vormittag-Session würde in knapp zwanzig Minuten beginnen.

Der *Saal Jawlensky*, dessen zwei Flügeltüren mit der römischen Ziffer IV gekennzeichnet waren, füllte sich allmählich. Auf der niedrigen Bühne wurden Mikrofone getestet. An der digitalen Rückwand waren alte Baudenkmäler und moderne Architekturprojekte in Dauerschleife zu sehen. Untermalt durch gedämpften Smooth-Jazz. Gläser und Wasserkaraffen wurden von jungen, durchweg blonden Damen in durchweg schwarzen Hosen-anzügen aufgetragen. Drei Männer und eine Frau würden hier bald Platz nehmen, das verrieten die althergebrachten übergroßen Namensschilder auf dem langen Tisch.

Das Kurzreferat der *Workplace*-Expertin aus Groningen interessierte ihn; sie galt in der Branche als Shootingstar. Er hatte die Planerin im vorigen Jahr während einer Fachexkursion in Amersfoort kennengelernt. Sie hatte ihn beeindruckt.

Nein, er würde nicht ein weiteres Mal die achtunddreißig Stufen hinunter ins Foyer nehmen – und zwangsläufig nochmals hinauf. Als sein Telefon einen Anruf meldete – er sollte *Slash* wirklich durch eine Standardmelodie ersetzen –, hoffte er, Elke wolle ihn sprechen. Doch woher sollte sie seine Mobilnummer haben? Warum hätte sie ihn überhaupt anrufen sollen? Es war seine Assistentin. Sie informierte ihn über einen kurzfristig anberaumten Termin im Bauministerium und richtete außerdem aus, er möge doch bitte noch heute bei Mulligan & Haynes in Zürich anrufen – nicht in der Londoner Zentrale, wie sie mehrmals betonte. Unnötigerweise. Schließlich kannte er wie niemand sonst alle Details der Hahnenkämpfe in der Führung des Beratungskonzerns.

Er entschied kurzentschlossen, Reto Smit sofort anzurufen. Doch in den wenigen Sekunden, in denen die Verbindung nach Zürich aufgebaut wurde, erblickte er Elke im Foyer. Jetzt in einem blau-grauen Kostüm, breite Schultern, knapp über den Knien endender Rock, flache Pumps. Eine Perlenkette war zweimal um den schmalen Hals gelegt. Er grinste bei dem Gedanken, sie würde jetzt noch eine lange Zigarettenspitze in der rechten Hand halten. Er drückte seinen Anruf weg und steckte sein Telefon in die Außentasche seines Anzugjacketts.

Sollte er ihr entgegen gehen? Vielleicht konnten sie heute Mittag, die Konferenz würde um 12:30 Uhr beendet sein, zusammen noch eine Kleinigkeit essen. Im *Ghepardo* oder in der *Orangerie*. Sie wären endlich unter sich. Er spürte seine müden Beine. Ann-Katrin, die Researcherin, tauchte plötzlich an seiner Seite auf und schlug vor, die gestrigen drei Plätze von ihrem hübschen Adlatus sichern zu lassen. Er nickte und lachte und bedankte sich für den Service. Die Researcherin tippte auf ihre Armbanduhr. Er versprach, sofort bei ihr zu sein.

Er drehte sich wieder der Treppe und dem Foyer zu. Elke war nicht mehr zu sehen. Kein hautenges rotes Kleid, kein Abendanzug, kein Business-kostüm. Nein, er würde nicht wieder hinabsteigen, nicht die Garderobenfrauen fragen, nicht vor der Toilette auf ein Wunder warten. Das dreifache Klingeln gab den noch herumstehenden Männern und Frauen einen letzten leichten Schubs. Im Saal wurde nochmals ein Mikrofon getestet. *Eins, zwei, zwei, zwei.*

Draußen gleißende Herbstsonne, die offenbarte, dass die Fensterfront des Kongress-zentrums geputzt werden musste. Vor dem erst kürzlich eröffneten Gebäude brachten das Aufeinandertreffen von Sonnenstrahlen und Haarlack den schwarzen Bubikopf noch mehr zum Glänzen. Elke ließ ihren Rollkoffer verstauen. Sie selbst nahm auf dem Rücksitz des Taxis Platz. Der Wagen fuhr davon.

Er betrat als letzter den *Saal Jawlensky*. Hinter ihm wurde die Flügeltür leise geschlossen.

LEICHTIGKEIT WAR DAS DOMINIERENDE GEFÜHL. Sie saßen auf der großen Terrasse des *Granvelle*, tranken eine *Menthe à l'eau* oder ein Bier, eine Filterlose im Mundwinkel. Der *Canard Enchaîné* lag auf dem Tisch. Der Juni war bereits sommerlich. Mit bloßem Hemd, einen Pulli über den Schultern, saßen sie in der Nachmittagssonne. Ihre Zweiräder, drei *Velos Solex* und ein deutsches Moped, standen wie zig andere unter den niedrigen Platanen des Platzes. Sein Freund Bernard war Bastler und hatte eine *Quickly* auf Vordermann gebracht. Jacques, Dominique und er selbst fuhren das hier allgegenwärtige Fahrrad mit Hilfsmotor.

Auch die Unbekannte. Er nannte sie seit vergangenem Freitag, als er sie zum ersten Mal vor der Brasserie erblickt hatte, einfach *La Verte*. Sie hatte eine quietschgrüne Bluse getragen. Seine französischen Freunde hatten gelacht, gebrauchten seitdem aber ebenfalls diesen Namen. Wie einen Code. Um ihn aufzuziehen? So, wie sie ihn manchmal scherzhaft *Boche* schimpften. Ihm war es egal. Er war in *La Verte* verknallt. Ja, er hatte sich Hals über Kopf in das Mädchen verliebt. Das ließ ihm keine Ruhe. Er wäre am liebsten schon am frühen Morgen die Straßen der Altstadt abgefahren, um sie irgendwo zu entdecken.

Die Ferien hatten bereits begonnen. Die Stadt, deren alter Kern, gekrönt von einer Zitadelle, von dem hier eine fast geschlossene Schlinge bildenden Fluss begrenzt wurde, war noch voller Leben. Die bleierne Stille der Ferien lag noch nicht auf den mittelgroßen Provinzstädten Frankreichs. Auch Besançon würde im Juli und August wie leergefegt wirken. Seine drei Freunde waren alljährlich mit ihren Familien ans Meer gefahren oder hatten einige Wochen in einer Ferienkolonie verbracht. Dieses Mal würden sie einen Großteil der Ferien mit ihm verbringen, hier und danach in der deutschen Provinz.

Salut, salut. Das waren die einzigen Worte, die er bislang mit *La Verte* geteilt hatte. An den fünf Tagen, an denen sie sich hier auf der Terrasse der *Brasserie Granvelle* und – gleich um die Ecke – vor dem mächtigen Portal des namengebenden *Palais* gesehen hatten. Ihr *Salut* war stets von einem unbefangenen Lächeln begleitet, das seine mehr von Stolz.

Einmal, es war am Mittwochvormittag gewesen, hatten sie sich zufällig an der alten Brücke über den Doubs getroffen. Sie kam aus dem Museum, eine Plakatrolle unter dem Arm, und winkte ihm fast überschwänglich zu. Er hob kurz den Arm und fuhr in die Grande Rue. Als er am anderen Ende der Hauptstraße, am Geburtshaus von Victor Hugo von seinem *Solex* abstieg, ärgerte er sich. Sie hatte ihn erkannt und dies kundgetan; er hatte das Springen der Ampel auf Grün und sein forsches Anfahren wichtiger genommen als ihr *Salut*, das, so hoffte er, vielleicht sogar von einer Kusshand begleitet war. Seinen Freunden hatte er davon nichts erzählt.

Als er sie jetzt vor einer Stunde wiedergesehen hatte, schämte er sich. Sie kam mit einer Freundin über die Seitentreppe herauf, schaute sich um, entdeckte ihn und lächelte ihm zu. Statt die rotblonde Schöne, die immer guter Laune zu sein schien und sich drei Tische entfernt niederließ, mit mehr als einem *Salut* zu begrüßen, offerierte er seinen überraschten Freunden eine zweite Runde *Pression* und verschwand in der Anonymität des überfüllten Innenraums. Dort drängelte er sich zur Theke durch.

Er war sich nicht wirklich klar, was ihn mehr anzog und mehr interessierte. Ihr offenherziges Lachen, ihre politische Meinung, ihre Lieblingsbands? Oder ihre vollen Brüste, ihr quirliges Wesen, ihre Stupsnase? Sie hätte als 18jährige durchgehen können, zweifellos. Doch vermutlich war sie so alt wie er und seine Freunde. Dominiques Schwester Agnès, die *La Verte* flüchtig aus dem Kanuclub kannte, schätzte sie jünger.

Er war im Mai siebzehn geworden. Und neben der Leichtigkeit und Furchtlosigkeit, die mit diesem Alter einhergingen, bestimmten nun die in der Provinz angekommenen Ausläufer der Pariser Stürme seine Stimmung. Die Terrasse der *Brasserie Granvelle* war ihr *Quartier Latin*. Das *Flore* und das *Deux Magots* in einem. Wenn auch ohne Sartre und die Beauvoir, aber mit örtlichen Ausgaben von Truffaut, Godard, von Nathalie Sarraute und Gruppen wie *Tel Quel*. Die Terrasse des *Granvelle* vibrierte. In schleunigem Wechsel bestimmten neue Ideen, Thesen und Utopien die Schwingungen des Tages. Barrikaden gab es nicht, mit der *CRS* hatte es bloß eine einmalige kurze Rangelei vor dem Rathaus gegeben. Eine Gruppe der in der Uhrenfabrik *Lip* streikenden Jungarbeiter hatte sich unter die Oberschüler und Studenten gemischt. Schülerinnen der Mädchenschule scharten sich um sie. Die Terrasse war übersät von Flugblättern und von Zeitungen, die man im April, ja selbst vor wenigen Tagen noch nicht gekannt hatte. Er hatte vergangene Woche eine *Humanité* gekauft, um seine Sympathie für die Revolte zu demonstrieren und war ausgelacht worden.

Er war in seinem Eifer und seiner Neugier radikaler gesonnen als seine französischen Freunde. Gemeinsam war allen auf der *Granvelle*-Terrasse die unbestimmte Sehnsucht nach dem Anderen, ein Herausbrechen von klitzekleinen Teilen des alten Puzzles. Fast alles wurde in Frage gestellt.

La Verte hatte in diesem Sommer für kurze Zeit eine dieser unbeantworteten Fragen verkörpert. Das hatte er erst viele Jahre später begriffen.

NUN SCHIENEN AUCH die letzten zugestiegenen Reisenden einen Platz gefunden zu haben. Gepäck war verstaut, Mäntel und Jacken hingen an den dafür vorgesehenen Haken oder waren mit Schwung zwischen Taschen und Koffer in der Gepäckablage geknautscht worden. Im Großraumabteil kehrte für einen Moment Ruhe ein, bevor die ersten Telefonate geführt wurden.

Es gab noch einige freie Plätze, zum Glück auch seinem Sitz gegenüber. Er streckte die Beine aus, warf einen Blick auf die Titelseite der irgendwann auf dem Tisch liegengebliebenen *FAZ*. Die Wälder und Felder der Mittelgebirgslandschaft rasten vorbei, nur unterbrochen von den auf diesem Streckenabschnitt häufigen Tunnelpassagen.

Eine Gruppe Asiaten suchte immer noch nach reservierten Plätzen. Er bot seine Hilfe an und versuchte, auf dem Smartphone eines Mannes die Reservierung zu entziffern. Als noch schwieriger erwies es sich, ihnen klar zu machen, dass die Wagen 8 und 9 heute ausfielen. Die jungen Leute bedankten sich und zogen weiter. Sie wollten wohl unbedingt zusammensitzen.

Es hatte zu regnen begonnen. Tropfen durchzogen als Schlieren das Zugfenster. Er dachte an den misslungenen Spaziergang am gestrigen späten Nachmittag. Der Bubikopf. Seine lange Liste der versäumten Gelegenheiten war offenbar noch nicht abgeschlossen.

Er wollte zur Zeitung greifen, als eine warme, ruhige Stimme ihn fragte, ob die beiden Plätze noch frei seien. Er schaute auf. Eine Frau unbestimmten Alters, irgendwo zwischen vierzig und fünfzig, vielleicht sogar noch einige Jahre älter. Schmächtig, rosiges Gesicht, einen dicken Zopf auf dem Rücken. Auffallend lange Finger, schmucklos, schlammgrün lackiert. Eine leichte Trekkinghose, Wanderschuhe. Sie schob seinen Rollkoffer zur Seite und wuchtete, bevor er Hilfe anbieten konnte, einen großen Rucksack nach oben und packte zusammengebundene Stöcke dazu. Ihre Umhängetasche, gefertigt aus up-cyceltem groben Segeltuch, legte sie ab, ihren Anorak auf den Fensterplatz. Sie setzte sich an den Gang. So hätten beide Platz für müde Beine, sagte sie mit einem Schmunzeln, das ihren Spitz-bubenblick zur Geltung brachte. Er war verun-sichert. Nach einigen Minuten wühlte sie in ihrer Tasche, holte ein Buch und eine Brille hervor. Sie machte es sich bequem, setzte große Kopfhörer auf die Ohren und bot ihm Schokolade an.

Er griff zu.

Ein Abend am Margarethenufer

I

DIE ZEIT DRÄNGT. Christian und Kerstin sind mit den letzten Vorbereitungen für den Abend beschäftigt. Christian in der Küche, Kerstin im Esszimmer und auf der Terrasse. Ein sehr sonniger Julitag geht zu Ende, nur der Wind stört ein wenig. Die Gäste werden in einer halben Stunde erwartet.

Was hältst du davon, nur den Aperitif auf der Terrasse zu nehmen? Die Sonne wärmt noch ein wenig, und mit einem Glas in der Hand lässt es sich draußen gut sitzen.

Was hast du gesagt? Du sollst nicht immer quer durch drei Zimmer mit mir reden. Hier köchelt es und außerdem brummt die Abzugshaube.

Was brummelst du vor dich hin? Ich verstehe dich nicht. Ob wir drinnen essen und nur den Apéro draußen nehmen sollen, hatte ich gefragt. Wir sollten die Gelegenheit nutzen und den schönen Abend genießen. Meine Meinung.

Ist mir egal. Entscheide du. Für die Dorade dürfte es auf jeden Fall besser sein, drinnen zu essen. Der Fisch wird schnell kalt. Und friert nicht Constanze immer sofort, wenn ein kleines Lüftchen geht?

Deine Constanze, das fröstelnde Mimöschen. Okay. Von mir aus. Erst draußen, dann drinnen.

Constanze ist nicht *meine* Constanze! Gewöhne dir das bitte ab.

Vielleicht lässt sie sich ja überreden, nach dem Essen noch ein wenig draußen zu sitzen. Bei einem Schnäpschen, eingepackt in eine deiner Strickjacken. Vom Sternenhimmel schwärmend, von alten Zeiten träumend.

Kerstin, sei nicht albern. Soll ich die Brotscheiben erst rösten, wenn alle da sind?

Natürlich. Geröstetes Brot sollte wie geröstetes Brot schmecken, nicht wie hartes und altes.

Das Schmorgemüse, die Makrelenpaste und die Sardinen zum Belegen kannst du schon auftragen. Und nimm bitte die *Koroneiki*-Flasche mit nach draußen, falls jemand nur Olivenöl mag.

EIN SCHÖNER SPAZIERGANG. Lange Zeit am Fluss entlang, um dann am alten Kran in das noble Wohngebiet einzubiegen. Eine gute Stunde Ruhe für Ohren und Augen, die Edouard und Frederike genießen. Edouard freut sich auf den Whisky zum Ausklang. Frederike greift nach seiner Hand.

Schön, dass Christian und Kerstin für heute Abend eingeladen haben, trotz der widrigen Umstände. Das sollten wir nicht vergessen zu betonen. Sven denkt daran bestimmt nicht, dieser Träumer, und seine Constanze hat eh andere Sorgen, wie man hört.

Nimm nicht alles für bare Münze, was unter deinen Weibern so erzählt wird. Die Zeiten sind offenbar danach, dass mehr spekuliert und gerüchtet wird, als dass man sich auf Tatsachen verlässt.

Du hast doch selbst erzählt, Christian habe nach den Fastnachtstagen Andeutungen gemacht, die schon keine bloßen Andeutungen mehr gewesen seien. Und auf Christian lässt du normalerweise nichts kommen.

Ja, sicher. Aber lassen wir das Thema. Wir werden sehen. Übrigens, das Uferstück vor dem Kran, im Grunde sechshundert Meter Parkgelände, soll schon bald bebaut werden, Büros und einige sehr teure Wohnungen. Ist umstritten, aber die Stadt hat offenbar grünes Licht gegeben.

Und was sagt deine Partei dazu?

Sag nicht *deine* Partei. Sie gehört mir nicht und ich nicht ihr. Sie ist lediglich meine erste Wahl.

Und, was nun? Dafür oder dagegen?

So einfach ist das nicht, meine Liebe. Das dürftest du doch wissen. Ich sage mal so: Es gibt Diskussionsbedarf zwischen den Stadtteil-Aktivisten, den Stadtverordneten und den Magistratsmitgliedern.

Hast du dich schon entschieden, ob du im August doch ans Meer fährst? Ich werde wohl im Land bleiben. Vielleicht ist ein Wochenende im Pfälzer Wald oder den Vogesen möglich. F. kann eventuell gar nicht fahren.

So wichtig, der junge Mann?

Nein, so krank die Mutter.

Komm, lass uns einen Schritt schneller gehen. Sonst verspäten wir uns wirklich.

Immerhin besser als Sven und Constanze, die immer zu früh aufkreuzen. Der obligatorische Strauß wird überreicht, auch wenn die Haare noch nicht geföhnt sind oder man noch die Kochschürze umgebunden hat.

EIN HEIMSPIEL. Die Straßenbahn ist überfüllt. Bier, Schweiß, irgendwo ein Joint. Als jemand die kleinen Klappfenster aufreißen will, greift Constanze sich mit beiden Händen an den Hals. Sven hat nur vage Erinnerungen an seinen letzten Stadionbesuch.

Ekelhaft, ekelhaft! Wie ich diese Typen hasse! Pöbel, richtiger Pöbel, ekelhaft!

Beruhige dich, Schatzi. Wir haben es überstanden. Du kannst durchatmen, die zehn Minuten bis zum Haus werden dir guttun.

Die zehn Minuten können die vergangenen zwanzig nicht ungeschehen machen, verstehst du das? Nein, das verstehst du nicht. Natürlich nicht. Was passiert ist, das Vergangene, verdrängst du, weil du nur darauf hoffst, ja davon lebst, dass das Kommende besser sein könnte.

Schatzi, bitte. Freue dich auf den Abend, auf ein gutes Essen und unterhaltsame Gespräche bei guten Freunden. Immerhin unsere erste Einladung seit Februar.

Weißt du eigentlich, wer außer uns eingeladen ist?

Nein. Doch. Edouard und Frederike kommen bestimmt. Sie waren schließlich immer dabei, als sie noch zusammengelebt haben. Warum sollte das heute Abend anders sein, allein wegen der Trennung? Sie sind weiterhin eng befreundet.

Ja, das sagen sie immer.

Wer, *sie*?

Diejenigen, die der gemeinsamen Zeit, die unwiderruflich vorbei ist, hinterher trauern, obwohl sie beschissen war. Und diejenigen, die plötzlich vor dem sozialen Nichts stehen und ihre Ex oder ihren Ex als einzigen irgendwie zuverlässigen sozialen Kontakt haben. Scham und Einsamkeit, um es in zwei Worten auszudrücken.

Lass uns den Abend genießen, Schatzi, freu dich einfach darauf.

Du wiederholst dich.

Und trinke bitte nicht zu viel.

Du wiederholst dich schon wieder.

DAS EISKALTE WASSER LÄSST SIE ERSCHAUDERN. Hannah hält es seit vorgestern schon zwanzig

Sekunden am Stück aus. Sie entscheidet sich für einen Mini, eine dünne Bluse, *Used-Look*-Nylons, *Guess*-Boots. Alles in schwarz. Ein dunkles Lila für die Lippen, um die Augen und als Flecken ins struppige Haar. Nico erwartet sie vor der Haustür. Sie fahren los.

Stellen wir die Räder in die Garage?

Keine Ahnung. Wenn sie verschlossen ist, einfach vor das Tor.

Und hier hast du gewohnt? Schon immer?

Ja, naja praktisch schon immer.

Eine noble Hütte in einer noblen Gegend.

Ja. War aber eigentlich auch schön. Im Grünen, nah am Fluss. Auf der anderen Seite des Parks die Sportplätze der Viktoria. Viele Kinder gleichen Alters. War wirklich schön.

Und dann ziehst du in die Stadt, ins Eisenbahnerviertel?

Ich musste weg von zuhause. Hätten wir im Eisenbahnerviertel gewohnt, wäre ich vielleicht hierhin, ans Margarethenufer gezogen. Nein, das ist ein Witz. Das wichtigste war: auf alle Fälle weg!

Nicht schlecht, nicht schlecht. Hast du noch Kontakt zu Freunden?

Wenig. Die meisten sind weggezogen, leben nicht hier, kommen höchstens Weihnachten. Oder diejenigen, die in der Stadt geblieben sind, tauchen für eine oder zwei Stunden auf. Wie wir jetzt, zu Besuch.

Wie sind deine Eltern? Kurz gesagt.

Sind beide okay. Dad ist erfolgreich, ein guter Kumpel, überarbeitet, wird dir gefallen. Mum will endlich wieder irgend etwas arbeiten, jetzt, wo auch Julia weg ist. Mum ist eine Nette, wirklich, darfst dich von ihr nur nicht vollquatschen lassen.

Und wer kommt noch?

Freunde, alte Bekannte. Auf jeden Fall niemand in unserem Alter. Sind aber erträglich, soweit ich mich erinnere. Also: gut essen, Small talk, den Wein und Whisky genießen, und tschö.

Na denn. Hast du noch einen Schlüssel?

Nein, wir klingeln. Soll ja auch eine Überraschung sein.

II

WIE ERWARTET TREFFEN Sven und Constanze nicht nur zuerst, sondern zu früh ein. Christian wischt die Hände an der langen Kochschürze ab und legt das Messer weg. Kerstin steht vor dem Badspiegel. Etwas Lippenstift, etwas Rouge, mit der Bürste noch einmal durch das volle Haar.

Hörst du nicht die Klingel? Gehe bitte zur Tür, es klingelt! Wahrscheinlich Sven und Constanze. Ich bin noch im Bad!

Ich bin nicht taub, meine Liebe, und schon längst unterwegs.

Hallo Constanze, hallo Sven, schön, dass ihr gekommen seid. Hereinspaziert! Kerstin hübscht sich noch auf.

Guten Abend, Christian. Danke für die Einladung, wir freuen uns.

Legt ab. Irgendwo. Ihr seid die Ersten. Edouard und Frederike werden aber sicherlich auch bald eintreffen. Ihr kennt die beiden, nicht wahr? Hahaha, ein Scherz. Nehmt draußen Platz.

Hallo Kerstin, auch dir vielen Dank für die Einladung. Du siehst gut aus, man könnte dich für vierzig halten. Ein schicker Rock.

Danke, danke. Bei *Elly's* erstanden, war fast ein Schnäppchen, auf 250 Euro reduziert. Du bist noch schmaler geworden. Dir geht's gut?

Ja, ja und nein. Ohne die Reibereien mit den Kids ginge es mir besser. Beide mitten drin in der Pubertät. Svens Lara und meine Anna, dreizehn und vierzehn. Gegensätzlicher könnten zwei Schwestern gar nicht sein. Ist aber kein Wunder. Patchwork eben.

In dieser Hinsicht hatte ich von Anfang an eine Glückssträhne. Nico und Julia, Kinder des Glücks, die mich glücklich machen.

Na denn.

Die Mädchen haben noch Kontakt zu Svens Ex bzw. zu deinem Mann?

Ja, Lara weniger, meine Anna mehr. Ihr Vater besteht darauf.

Und sonst?

Was *sonst*?

Na, wie es dir sonst geht, unabhängig von den Mädchen.

Gar nicht. *Mir* geht es gar nicht ..., nicht gut, nicht schlecht. Mir geht es überhaupt nicht irgendwie. *Es* geht so là là. Zufrieden?

Entschuldige. Ich wollte dir nicht zu nah treten. Christian hatte nur erzählt, was heißt erzählt, einfach eine Bemerkung fallen lassen, dass...

Ach, Christian, meine alte Liebe, sorgt sich immer noch um mich. Mich, die er mit zwanzig verschmäht hat. Mich, die ihn, das kann ich dir nur immer wieder sagen, geliebt, wirklich geliebt hat. Mit zwanzig! Als andere nur ans Bett oder schon ans Heiraten gedacht haben. Da habe ich ihn vorbehaltlos und abgöttisch geliebt. Ich hätte alles für ihn...

Ist gut, Schatzi. Rege dich bitte nicht auf. Lass uns den Abend genießen. Einen schönen Abend bei Freunden.

Du sollst dich nicht immer wiederholen, verdammt noch mal. Aber du hast recht: Lass uns den Abend genießen. Ich nehme einen Brandy. Oh ich sehe, Christian kredenzt sogar einen *Carta Negra*, zwanzig Jahre alt, wie ich damals.

Bediene dich, oder Sven schenkt dir ein Glas ein. Entschuldigt, es hat geklingelt, das werden Frederike und Edouard sein.

DIE FREUDE IST GROSS. Damit hat Kerstin nicht gerechnet. Ihr Sohn Nico und ein Mädchen, schwarzblau wie ein Nachthimmel. Hannah staunt, als Nicos attraktive Mutter ihre Arme ausbreitet, ihren Sohn fest an sich drückt und sie mit Küsschen-Küsschen überrumpelt.

Christian, schau mal, wer da vor unserer Tür steht. Das nenne ich eine Überraschung, eine sehr sehr schöne Überraschung.

Hallo, Großer. Erfreulich, dich mal zu sehen, und dann in solch einer Begleitung. Guten Abend. Ich bin Nicos Vater, Christian. Kommt herein.

Guten Abend.

Hallo Mum, hallo Dad. Das ist Hannah, eine Freundin.

Nur eine Freundin?

Lass das, Dad.

Ihr seid zufällig vorbeigekommen? Ihr bleibt zum Essen? Wie geht's, wie steht's? Wie läuft das Studium? Du, ich darf doch du sagen, du studierst auch?

Nein. Ich arbeite als Mediendesignerin und nebenher ein wenig als Influencerin.

Als Influencerin? Ah, im Internet oder wie es heute wohl heißt, in den sozialen Medien. Richtig?

Ja, so ungefähr.

Interessant, interessant. Ich muss jetzt leider nochmal in die Küche, entschuldigt. Deine Mutter übernimmt.

Kommt jetzt endlich rein. Wir sitzen auf der Terrasse, solang die Sonne mitspielt. Constanze und Sven kennst du doch, oder?

Die Reiche und der Loser?

Still, Nico. Benimm dich bitte.

Ist schon okay, Mum. Meine Antwort lautet also: Ja, an die beiden erinnere ich mich.

So, ich stelle euch gleich den beiden vor. Wie heißt deine Freundin noch mal?

Hannah. Und stelle Hannah bitte nicht als meine Freundin vor.

Wie du willst. Aber ihr seid doch befreundet?

Ja, natürlich. Aber Hannah ist nicht meine Freundin und ich bin nicht ihr Freund. Verstanden?

Nein.

Okay. Hat sich Julia gemeldet? Wir haben ein paarmal geskypt, doch seit Ostern hat sie nichts mehr von sich hören lassen.

Keine Ahnung, bei uns hat sie sich in den vergangenen zwei Monaten auch nur zwei oder drei Mal gemeldet.

Sie lebt doch noch in Berlin?

Ich denke ja, wo sonst? Hannah, was magst du zum Apéritif trinken? Nico, du ein Bier?

Ich nehme gern eine Cola oder einen *Aperol Spritz*.

Nico?

Ein Bier.

So, dann kommt jetzt endlich auf die Terrasse.

Hallo, wer kommt denn da. Mamas Liebling und seine *Dark-Punk*-Freundin. Komm Nico, lass dich begrüßen.

Hallo, guten Abend. Darf ich Ihnen Hannah vorstellen. Hannah, das sind Sven und Constanze, alte Bekannte meiner Eltern.

So alt auch wieder nicht. Beide exakt vierzig, immerhin jünger als deine Mutter und viel jünger als dein Daddy. *Okay, no jokes!* Dir geht's gut?

Ja, eigentlich ja.

Das Studium läuft?

Ja, das Übliche. Nächstes Jahr stehen die Abschlussprüfungen an.

Und, die Berufsziele sind schon klar?

Im Großen und Ganzen schon. Regionalplanung, Mobilität, in diese Richtung etwa.

Oh, ganz der Vater. Zielstrebig, immer vorneweg, kein Blick zurück. Das ist nicht böse gemeint, lieber Nico, aber ehrlich. Ihr seid halt einfach nur das gerade Gegenteil von Sven. Nicht wahr, mein Schutzengel. Gießt du mir bitte noch etwas nach?

Es ist kurz vor halb neun, als Edouard und Frederike eintreffen. Sie entschuldigen sich wortreich. Auf der Terrasse greift man mit Appetit und Hunger zu den *Amuse-Gueules* und *Tapas*. Der gemeinsame Abend wird durch das Klirren der Gläser offiziell eingeläutet.

War sie nicht schon in einer Klinik? Christian hatte doch etwas in dieser Richtung angedeutet. Sie sieht schlecht aus, findest du nicht?

Schlecht? Verheerend! Keine fünfzig Kilo mehr, sie zittert schon nach dem zweiten Brandy. Und dann dieses ewige Selbstbemitleiden und Selbstbeweihräuchern: *Als ich zwanzig war...* Schrecklich. Diese Frau hat Geld ohne Ende und lässt sich so fallen.

Manche Männer reizt das, nicht zu glauben, aber es ist so. Krank, reich, sensibel, sehr sensibel und verdammt sexy. Eine geile Tussi. Das oder ähnliches macht die Runde. Sagt Edouard.

Dein Edouard, ich meine, dein Ex Edouard?

Ja, Edouard. Im Golfclub und sogar unter den Langweilern vom Theaterabonnement machen derartige Sprüche die Runde. Ziemlich unverhohlen, ohne Scheu.

Vielleicht gehen sie davon aus, dass wir Frauen ihr Geschwätz nicht ernst nehmen.

Mag sein. Ich nehme es ernst. Nicht das Geschwätz, sondern ihre Geilheit.

Oh, Vorsicht. Sven ist im Anmarsch.

Hallo, die Damen. Die Makrelenbrote sind köstlich!

Das musst du Christian sagen, er ist der Küchenchef.

Kerstin, nochmals danke für die Einladung. Constanze tut es sehr gut, mal rauszukommen, nette Leute zu treffen, zu entspannen. Die

Schreiberei strengt sie doch sehr an. Manchmal ist sie in ihrer Geschichte wie gefangen, kommt kaum raus, wird sie nicht los.

Die Schreiberei? Was schreibt Constanze?

Sie schreibt sich ihre Wünsche und Enttäuschungen von der Seele. Ihr Therapeut hat ihr dazu geraten, und sie erliegt dem Schreiben wie sie dem Alkohol erlegen ist.

Kindheitsgeschichten? Traumata, wie man heute sagt? Verdrängtes, Geheimes?

Geheim? Ja. Aber keine Geschichten aus der Kindheit, eher aus ihrer Teenagerzeit. Und Aktuelles, Heutiges. Ihre Sehnsüchte, ihre Begierde, ihre Dates, die Männer, die ewigen Enttäuschungen. Auch ein wenig die Häme und der Spott.

Und du weißt das alles? Sie spricht mit dir darüber?

Natürlich. Nur wenn du begreifst, dass auf das Elend und die Zerstörung das Neue, die Zukunft, das Bessere folgt, hast du die Chance zu überleben. Dazu gibt es keine Alternative. Dafür bin ich da, ihr das immer wieder zu sagen.

Und sie schreibt jeden Tag, den ganzen Tag?

Ja, sie schreibt nur noch. Wenn sie nicht trinkt. Und wenn sie sich nicht einen Fick besorgt.

Du meinst, sie schreibt, und wenn sie nicht mehr weiterweiß, dann verabredet sie sich, um dann darüber zu schreiben? Das ist nicht dein Ernst.

Doch. Nur so kann sich die Gewissheit festsetzen, dass dem Bösen das Gute folgt.

Und, wenn ich fragen darf, mit welchen Männern verabredet sie sich, um – sozusagen – Neues niederschreiben zu können?

Sie lernt sie über Dating-Portale kennen. Aber sie hat natürlich auch einige gute Bekannte und Freunde, die ihr bei ihrer Therapie gern behilflich sind.

Nein!

Doch, natürlich. Das verhindert Komplikationen und Ärger, die bei Wildfremden nicht zu verhindern sind. Deshalb ist sie ja so froh, dass sie zum Beispiel Christian und Edouard kennt und sich auf eure Männer verlassen kann, bei ihnen viel Verständnis findet.

III

DIE DORADE IN CHAMPAGNERSAUCE und die Lammfilets – die Gäste loben Christian überschwänglich, ebenso den Chablis Premier Cru und den 2014er Lalande de Pomerol. Kerstins Dessert-Kreationen sowieso. Nico macht eine Entdeckung.

Mum, warum hast du mich angelogen? Julia ist nicht in Berlin.

Sie ist nicht in Berlin? Wo ist sie denn?

Das weißt du ganz genau.

Nein, das weiß ich nicht. Ist sie in Potsdam, in Leipzig? Du kennst doch deine Schwester, unstet, flatterhaft, heute da, morgen dort. Und meistens, ohne ein Wort zu sagen.

Ich mache es kurz, Mum. Julia ist in irgendeiner Klinik bei Brandenburg, irgendwo an einem See. So steht es in dem Brief.

In welchem...? Woher...?

Mum! Bitte!

Ach. Du hast recht. Es macht keinen Sinn, es weiter zu verheimlichen.

Es ist schäbig, es vor *mir* zu verheimlichen!

Ja, nein, es ging nicht anders. Ja, du bist ihr Bruder. Nein, wir wollten dich nicht belasten. Vor dem Examen, nach dem Ärger wegen der Wohnung, und überhaupt. Meinst du, uns fällt das leicht, die Sache mit Julia und die Heimlichtuerei dir gegenüber?

Die Sache mit Julia? Sie ist krank, offenbar schwer krank. Auf Entzug? Von was? Stress, Burn-out? Depressiv? Wollte sie sich wieder umbringen? Sag doch was, Mum!

Ich würde so gern etwas sagen können, mein Kleiner. Mein lieber kleiner Nico. Zum Glück habe ich noch dich. Ich danke allen Göttern, dass sie mich mit dir beschenkt und mich nicht alleine gelassen haben.

Hör auf, Mum! Hör auf!

Ach. Ich hatte mich so über deinen Überraschungsbesuch gefreut. Und jetzt das. Es tut mir so leid, unendlich leid.

Mum, ich gehe jetzt. Wir gehen jetzt.

Bitte bitte, bleibt noch einen Moment. Lass uns morgen darüber sprechen. Kommst du zum Frühstück oder zum Mittagessen? Deine Freundin kann gern mitkommen. Sie macht einen guten Eindruck, und sie scheint ein dickes Fell zu haben, sie unterhält sich schon eine ganze Weile mit Constanze.

Ich glaube nicht, dass wir morgen kommen. Kann ich mit Julia telefonieren, ihr eine Mail schicken oder per *WhatsApp* Kontakt aufnehmen?

Das weiß ich nicht.

Ich fahre morgen hin!

Das ist zu weit. Du weißt doch gar nicht...

Das ist mir egal. Ich werde Julia suchen, und wenn ich die Klinik finde, sie auch besuchen.

Nico, bitte, sprich erst mit deinem Vater. Bitte. Er kann es dir erklären. Bitte. Julia täuscht sich. Sie fantasiert. Ich habe keine Ahnung, warum. Sie ist krank, ja, sie ist schwer krank. Es tut mir so leid.

WENN MÜTTER DIE WAHRHEIT NICHT ERTRAGEN. Investitionschancen und Seifenblasen. Auch Pornofilme haben ihren Reiz. Torfgetränkter Whisky sowieso.

Oh, jetzt sind die beiden aber holterdiepolter aufgebrochen. Die Runde war ihnen wohl zu alt. Oder gab es Ärger mit deinem Liebling, Kerstin?

Nein, ich glaube, seiner Freundin geht es schon den ganzen Tag nicht gut.

Den Eindruck hatte ich aber nicht. Sei's drum. Sie kennt sich übrigens auch gut mit Finanzen, Börse und Investitionen aus. Traut man ihr auf den ersten Blick gar nicht zu, oder?

Und, wo verbrennst du demnächst wieder eine Million?

Du bist neidisch, Kerstin, nicht wahr? Ein Drittel grüne Investments, ein Drittel, um schnell Geld zu machen, und das letzte Drittel in Filme.

Filme?

Ja, feministische Pornos sind im Kommen. Interessante Ideen, starke Frauen, spannend. Viele Start-ups. Nicos Freundin hat gute Ideen.

Dann würde ich auf das zweite Drittel setzen.

Und ich auf das erste.

Christian und Edouard, von euch hätte niemand etwas anderes erwartet.

Obwohl Pornofilme auch ihren Reiz haben sollen.

Haben!

So, lasst uns anstoßen. Ein schöner Abend will mit leckeren Tropfen beschlossen werden. Danke Kerstin, danke Christian.

Wer nimmt was? Klar, ein *Ardbeg Blaaack* für Edouard – ich schließe mich an. Sven, du auch? Sehr schön, du wirst es nicht bereuen. Frederike, zurück zum Champagner? Kerstin, du auch? Okay, dann eben einen *Toutain*. Constanze, noch einen *Suau Carta Negra*, was sonst. Einen kleinen Moment, bitte.

Bis Christian die Flaschen sortiert hat... Sven, was macht deine *Bubble*-Idee?

Läuft, wenn auch etwas holprig. Der kleine Laden funktioniert, zumindest als Adresse im Viertel. Der Onlineshop könnte mehr Nachfrage vertragen.

Immer noch Luftballons und Seifenblasen?

Ja, als Textildruck, auf Postkarten und Sets, auf CD-Hüllen, als Poster oder Tapete, auf Tassen, Tellern usw. usf.

Sven glaubt an das Gute im Menschen und ihren schlechten Geschmack.

Schatzi, bitte. Die Postkarten gehen sehr gut.

In Lettland, Slowenien und irgendwo in Südamerika.

Auch hier, bei uns und in Österreich.

Leute, lasst uns anstoßen. Schön, dass ihr gekommen seid und den Abend zu einem schönen Abend gemacht habt. Nichts geht über gute und treue Freunde. *Chin-chin! Salute! Santé!*

NOVEMBERBLUES IM JULI. Frederike und Kerstin denken weiter über Therapien nach. Eine Glaubensfrage, das Elend enttäuschter Liebe und die Suche nach dem anderen Leben.

Nein, Kerstin, stell dich bitte nicht an. Ich helfe dir beim Aufräumen.

Danke. Wäre aber nicht nötig. Constanze hat genug. Soll ich den Brandy abräumen?

Ihr habt doch bestimmt eine zweite Flasche, die Christian gleich anbieten würde. Macht also keinen Sinn.

Was macht überhaupt Sinn?

Äh, Novemberblues an einem Sommerabend?

Ich hatte einen kleinen Streit mit Nico. Mein Kleiner will einfach nicht begreifen, dass ich nur das Beste will, sein Bestes!

Wir hatten nie Kinder, ich kann dir folglich keinen praxiserprobten Rat geben. Doch einen Hinweis: Er ist vierundzwanzig!

Ja, das weiß ich. Aber er braucht mich. Auch das weiß ich.

Seine Freundin ist sympathisch, etwas ungewöhnlich in ihren Ansichten, aber sehr sympathisch. Selbstbewusst. Attraktiv und eigensinnig waren wir auch, oder? – aber nicht so selbstbewusst.

Ja, ich hatte wenig Gelegenheit, mit ihr zu sprechen. Sie macht irgend etwas mit Medien, Internet und so. Richtig?

Ja, und sie hat auch etwas mit einer Dating-Plattform für Frauen zu tun. Jüngere Frauen die ältere, also unsere Jahrgänge, verwöhnen wollen.

Das hat sie dir erzählt?

Nein, das weiß ich, weil ich mich selbst umgesehen habe. Einfach so, um bei Gelegenheit mitreden zu können. Und schließlich sollte man keine gute Chance verpassen, nur weil man von dieser nichts weiß.

Und?

Was und?

Hast du schon eine Jüngere kennengelernt?

Ja. Ich werde mir ihr, sie heißt übrigens Fiona, wahrscheinlich im Herbst ein paar Tage an der Ostsee verbringen.

Nein!

Doch! Leider, ich meine unglücklicherweise hat sie eine Mutter, wenig älter als ich, die schwer krank ist und ihre Hilfe benötigt.

Edouard weiß davon? Ich meine, er ist zwar nur dein Ehemaliger, aber immerhin zwanzig Jahre praktisch dein Mann gewesen.

Ja, aber nicht alles. Es geht ihn nichts an. Das akzeptiert er.

Dann gehen dich seine Treffen mit unserer Brandy-Queen auch nichts an?

Richtig. Es gibt keine andere Möglichkeit, dem Elend enttäuschter Liebe zu entgehen.

Christian sagt, er rede nur mit Constanze, wenn sie ihn einbestelle. Einbestelle! Er sei nun mal ihre große Liebe gewesen. Constanze wolle immer nur über die Vergangenheit sprechen, sie suche Trost, Verständnis, erwarte von ihm wenigstens etwas Reue. Ein Küsschen da, ein Küsschen dort, Fummelei wie als Zwanzigjährige. Mehr sei das nicht. Würdest du ihm glauben?

Nein!

IV

DAS STARTGELD IST SO GUT WIE SICHER. Constanze und Hannah sind via *Skype* verbunden und werden sich einig. Der Traum einer Filmkarriere wird geboren.

Nein, nein, keine Bange. Du kannst dich auf mich verlassen. Ich benötige nur einen Businessplan, zwei drei Projektentwürfe, die Namen der Verantwortlichen ... Das Übliche eben.

Und du bist sicher, dass deine fünfhunderttausend Euro reichen, um den gleichen Betrag als Kredit zu erhalten?

Ja. Und der Kredit ist sehr günstig. Dazu die Fördergelder. Kreativszene, Start-up, Frauen. Allein das sind schon drei dicke Pluspunkte. Also mache dir keine Sorgen. Du lieferst die Unterlagen, und die Sache läuft. Versprochen.

Dir schon vorweg ein dickes danke, Constanze.

Ich danke dir, dass du mir gestern Abend so viel erzählt und dann so offen über *FemPorn* gesprochen hast. Meinst du, ich könnte bei einem Film dabei sein?

Klar! Als Investorin bist du gern gesehen, auch vor Ort. Obwohl, das ist wichtig, wir achten sehr darauf, dass am Set wirklich nur der oder die dabei sind bzw. das geschieht, was alle anderen akzeptieren können. Aber ich denke, das lässt sich in deinem Fall machen.

Ja, okay. Das ist schön. Ich dachte aber, ehrlich gesagt, eigentlich vielmehr daran, direkt dabei zu sein, als Schauspielerin. Als Pornodarstellerin, wenn du so willst.

Oh, das ist natürlich etwas anderes. Du überraschst mich schon wieder. Und warum, wenn ich dich direkt fragen darf? Die Frage müsste ich dir beim Casting oder im Vorgespräch sowieso stellen: Was sind deine Gründe, dich vor, beim, nach dem Sex filmen zu lassen? Was reizt dich, dabei zu sein? Und denke daran, dass der Film irgendwann und irgendwo von anderen Leuten, dem Publikum, gesehen wird! Denn das wollen wir doch. Sonst wären deine Investition und die Kredite und die Förderung am Ende tatsächlich verbranntes Geld.

Also? Meinst du, es wäre möglich? Meinst du, ich könnte das?

Lass uns so verbleiben, liebe Constanze, ich kümmere mich um das eine, du um das andere. Ich spreche mit meiner Kollegin in der Produktion und dem Regiekollektiv, und du befragst dich: Was will ich warum? Was traue ich mir zu?

EINE ZUFÄLLIGE BEGEGNUNG und ein Gespräch über Reue und Abscheu. Sven macht ein Geständnis. Frederike hat Hunger und könnte am Ende einen Cognac vertragen.

Sei bitte ehrlich zu mir. Du würdest sagen, dass ihr auch nach der Trennung gute Freunde seid, euch versteht, euch helft, euch…

…braucht! Wir brauchen uns. Das ist die Crux. Nach zwanzig Jahren ist dies aber vielleicht kein Wunder. Wir brauchen uns, weil wir ohne Abgrenzung, ohne Rückschau, ohne Enttäuschung, ohne das Quäntchen Reue und Abscheu, ohne die gelebte Alternative nicht wüssten, was heute und morgen gut ist oder besser sein könnte.

Das Bessere und Gute liegt immer im Möglichen, im Noch-nicht-Wirklichen.

Wenn du meinst. Dort auf der Ecke, das ist dein Laden, nicht wahr? Ich wollte schon immer einmal vorbeikommen.

Hättest du machen sollen. Hätte mich gefreut.

Was nicht war, kann noch werden. Außerdem bin ich ja jetzt fast vorbeigekommen. Sozusagen. Ein schöner Zufall, dir hier zu begegnen. Wie gefiel dir der gestrige Abend? Constanze hat ihn gut überstanden und ist wieder auf den Beinen?

Ja ja. Sie war heute früh schon zum Schwimmen, und jetzt wird sie wohl mit Nicos neuer Freundin sprechen.

Oh, die beiden haben ja gestern schon viel zu bereden gehabt.

Ja. Sie haben sich gleich gut verstanden. Das hat Constanze gutgetan.

Komm, lieber Sven, lass uns doch noch einen Kaffee trinken, am Königsplatz oder kennst du hier ums Eck ein gemütliches Café oder Bistro? Wir können auch einen kleinen Lunch nehmen. Hast du Hunger? Ich würde schon jetzt ein Sandwich oder einen Salat vertragen.

Lass uns ins *Boegers* gehen. Dort bekommst du ein Sandwich und andere belegte Brote. Und der Kaffee aus eigener Rösterei ist hervorragend.

Einverstanden, ich folge dir. Dass Constanze ihre Bettgeschichten – sagt man Quickies? – aufschreibt, findest du wirklich in Ordnung?

Ja, natürlich. Alles was ihr hilft, ist in Ordnung. Dieses Willkürliche, dieses Sich-Gehenlassen, dieses Sich-Ausliefern sucht sie.

Und das hat auf euch, auf eure Beziehung, auf..., verdammt: auf euren Sex keine Aus-wirkungen?

Nein.

Nein? Ehrlich?

Ja, ehrlich. Wir haben seit einigen Jahren keinen Sex mehr. Nicht miteinander.

Sie wirft sich weg, nicht wahr? Sie sucht mit Absicht den Schmutz.

Frage sie selbst. Sie wird dir von der Hölle ihrer Familie, vom Dreck hinter den glänzenden Fassaden der Willborg-Villa erzählen. Und von ihrer Beinahe-Rettung durch Christian, der sie dann stehen gelassen hat. Wir sind da, dort drüben wartet dein Lunch.

Sven, ich glaube, ich könnte zum Kaffee einen Cognac vertragen.

NACH EINER RUNDE GOLF sitzen Christian und Edouard zusammen. Ein albernes Ablenkungsmanöver, damit ein weiterer Traum wahr wird.

Edouard, du nimmst auch einen Whisky?

Ja, einen einfachen *Arran*.

Weißt du, was ich nicht begreife? Dieser Schlappschwanz Sven, dieser Verlierer, plaudert über die Besessenheit und Geilheit seiner Frau als rede er von ihrer Vorliebe für süße Kuchen oder helle Tapeten.

Kam Kerstin nochmal darauf zu sprechen, ich meine, auf deine Treffen mit Constanze?

Nein. Sie erwartet sicherlich, dass *ich* noch einmal darauf zurückkomme. Da ich morgen für vier Tage nach Wien fliege, kann es sein, dass bis zum nächsten Wochenende die Aufregung wieder abgeflaut ist. Dass Constanze und ihre ewigen alten Geschichten bei uns sowieso Dauerthema sind, weißt du ja. Und Frederike?

Kein Wort. Du kennst sie doch. Sie bildet sich ruckzuck eine Meinung, steht dazu und lässt keine Korrektur zu. Weder in die eine noch in die andere Richtung.

Cheers!

Cheers! Auf unsere Frauen.

Egal auf welche.

Egal auf welche. Und auf die eine ganz besonders.

Und die wäre? Doch nicht Constanze?

Nein. Constanze ist ein Ablenkungsmanöver. Mit sechzig braucht man solche albernen Tricks, sonst wird das Ganze zu anstrengend. Im Kopf zu anstrengend. Du verstehst?

Ich bin noch lange keine sechzig. Hilf mir, was ist dein alberner Trick?

Ganz einfach gesagt: Die Treffen mit Constanze, es waren bisher übrigens nur zwei, sollen eine falsche Fährte legen. Sie sollen ablenken, von mir aus für Gesprächsstoff sorgen, im Notfall auch die Freundschaft mit Frederike belasten.

Ablenken von was?

Von Elena.

Wer ist Elena?

Eine Bekannte, eine Affäre. Ich bin verliebt! Stell dir das vor. Ich bin in Elena verliebt, ich, ein alter Mann.

Soll vorkommen. Und sechzig ist kein Alter, mach mir keine Angst.

Doch. Ich...

Du...?

Ich bin in eine junge, sehr junge Frau verliebt, gerade mal neunzehn Jahre alt.

Na prost.

Prost!

Und?

Was und?

Wie stellst du dir die Beziehung – du sagst Affäre – mit einer Schülerin oder Azubine vor? Hat sie immer Kopfhörer im Ohr? Muss sie nach dem Sex noch für die Schule büffeln? Postet sie in ihren *WhatsApp*-Gruppen Fotos von dir? Legt sie wenigstens das Smartphone zur Seite, wenn ihr... Ach du Scheiße.

Hör bitte auf. Du hast keine Ahnung. Elena ist nicht nur jung, sie ist eine junge Mutter. Das ist das Entscheidende. Ich wurde nie Vater, auch in den zwanzig Jahren mit Frederike nicht. Ich habe das im Stillen immer bedauert, sogar schmerzhaft vermisst. Und jetzt kann ich eine junge Frau, die mich braucht, und ihr Kind, das mich immerzu anlacht, glücklich machen. Mehr will ich doch gar nicht. Ich will für sie da sein, für sie sorgen, sie beschützen. Ich will all das tun, was ich nie tun durfte, vielleicht auch nicht gekonnt hätte.

Weiß Frederike davon?

Nein.

Du bist verrückt, Edouard. Toi toi toi. Carlo, wir nehmen noch einmal dasselbe.

IRGENDWO IM OSTEN. Mutter und Sohn sind unbeirrt. Nico will seine Schwester retten. Kerstin macht einen weiteren Fehler.

Nein Mum, nein. Ich bin weitergefahren und schon fast am Plauer See. Und ich werde Julia morgen besuchen.

Lass dir alles erklären, mein Kleiner. Es ist besser, wenn du umkehrst. Du wirst sie nicht zu sehen bekommen, obwohl du ihr Bruder bist.

Nimm dir ein Zimmer, irgendwo dort drüben. Ich zahle es. Und morgen fährst du wieder nach Hause.

Ich habe angerufen. Ich kann sie für eine halbe Stunde sprechen.

Dann sag ihr…, ach nein. Mein Kleiner, pass auf dich auf!

Wenn du noch ein einziges Mal *mein Kleiner* zu mir sagst, werde ich nie mehr euer Haus betreten. Nie mehr!

Hallo…, hallo… Nico? Weinst du jetzt, mein Kleiner?

Nie mehr. Ich lege jetzt auf, Mum.

Linie 12

ICH HÄTTE MICH GERN NOCH EINMAL UMGEDREHT. Sehr gern sogar, eigentlich nichts lieber. Doch das schnarrende Läuten des Weckers war unerbittlich. Ich gab klein bei, drehte mich auf die Seite, ließ meine linke Hand auf der Uhr liegen. Der Wecker tat das Seine, das Klingeln erstarb. Schon zwei Minuten später saß ich auf der Bettkante, rieb mir die Augen, fuhr mir durchs Haar.

Ich konnte die laue Dusche nicht wirklich genießen. Nur am Wochenende gönnte ich mir die Zeit für das schier endlose und späte Vergnügen. Ich musste dann nicht zur Schule, die Mutter war samstags bereits zu ihrem ausgiebigen Marktgang unterwegs oder genoss am Sonntag schlafend die eigene Herrschaft über die Zeit. Heute war weder Samstag noch Sonntag. Ich schnitt einen Apfel und Aprikosen in mein Müsli, goss Milch nach. Aus dem Kofferradio dudelte Gute-Laune-Musik. Ich räumte den Tisch ab, stellte das Geschirr, die Müslischale und den Teller der Mutter sowie Löffel und Messer in das Spülbecken. Ich würde eine knappe Stunde vor meiner Mutter wieder daheim sein. Ihre Frühschicht endete erst um 14 Uhr.

Ich stand vor dem großen Flurspiegel, begutachtete meine neue Frisur, zog den Lidstrich nach. Der grün-blau karierte Minirock stand mir am besten. Das sagte auch meine Freundin. Doch er war gewagt. Ich drehte mich etwas zur Seite, beugte mich nur ein wenig nach vorne. Sehr gewagt sogar. Ich würde ihn vor der Heimkehr der Mutter wechseln müssen. Der Pulli war am Ärmel schon fadenscheinig, einen neuen konnte ich mir zum Geburtstag wünschen, zu meinem siebzehnten. Ich nahm einen Lappen aus dem Schuhschrank und fuhr noch einmal über den Schaft der hohen Lederstiefel.

Als ich die Wohnungstür ins Schloss fallen ließ, lief das Radio noch. Doch ich hatte es eilig, musste wie fast jeden Morgen flitzen. Im Treppenhaus stieß ich beinahe mit Herrn Meyer zusammen. Er grüßte freundlich und schüttelte den Kopf. Das wusste ich, ohne hinschauen zu müssen.

Ich lief quer über den breiten Fahrdamm. Die dicke Frau vom Kiosk sortierte Zeitungen und rief mir etwas zu. Zwei Müllmänner pfiffen mir nach. Sollten sie doch. Ich hob winkend den Arm, ohne mich umzudrehen. Einmal, nur einmal aus Spaß den Kerlen den Hintern zeigen! Das wär's gewesen! Heute denkt man anders darüber.

Das sonnige Frühlingswetter dauerte an. Ich war außer Atem, als ich das Wartehäuschen erreichte.

ES REGNETE IMMER NOCH, und es war kühl geworden. Endlich fuhr die Zwölf bimmelnd in die Haltestelle ein. Petra saß auf ihrem angestammten Platz, winkte mir zu und lachte. Wie immer. Als seien mittlerweile nicht viele Jahre vergangen.

Meine Schulfreundin hatte sich ebenfalls entschieden, zum Studium in der Stadt zu bleiben. So trafen wir uns jetzt zwar nicht mehr jeden Morgen in der Bahn, aber doch einmal oder zwei Mal in der Woche. Während sie sich für Englisch und Sport entschieden hatte, war ich nun bereits im achten Semester in Germanistik und Geschichte eingeschrieben. In noch nicht einmal einem Jahr würden wir unsere Abschlusszeugnisse in der Hand halten. Wenn alles wie geplant lief.

Ich hatte anderes vorgehabt. Studieren ja, aber lieber in Tübingen oder Konstanz oder Marburg, nicht in einer Stadt wie dieser. Einer Stadt, die mit ihren gut dreihunderttausend Einwohnern weder etwas Unverwechselbares und Idyllisches hatte noch eine wirkliche Metropole war. Dieser ewig gleiche Einheitsbrei, der Verschiedenheit zudeckte. Das Miefige und die Selbstzufriedenheit, die seit Ewigkeiten über der Stadt zu liegen schienen. Ich wäre dem gern entkommen, doch die plötzliche schwere Erkrankung der Mutter und die immer noch vergleichsweise günstige Miete der Dienstwohnung hatten es verhindert. Mit den Jahren gewöhnte ich mich schließlich daran.

Nur manches Mal, wenn wir im Studentenclub schwatzend und lachend zusammengesessen hatten, oder wenn ich mitten in der Nacht meiner Mutter ein Glas Wasser und ihr Schmerzmittel brachte und danach den Sternenhimmel bestaunte, hatte ich mir ausgemalt, wie es wo anders hätte sein können. Heute schätze ich die gewohnte Umgebung, die bequem ist und mir Sicherheit gibt. Trotz der seit vielen Jahren unübersehbaren Veränderungen.

Die Straßenbahn passierte das Weberviertel. Die geschlossene Gebäudereihe der früheren

Tuchfabriken gehörte endgültig der Vergangenheit an. Seit zwei Jahren wechselten sich auf den bald drei Kilometern der Alten Landstraße Abbruch-arbeiten, Brachflächen und rapide wachsender Neubau ab. Dazwischen zwei sanierte Klinker-bauten, die ehemaligen Färbereien, die jetzt als Diskothek und Probebühne des Theaters genutzt wurden.

Petra eröffnete mir an diesem Morgen, genau am in die Höhe wachsenden Shoppingcenter, dass sie nach dem Examen Gary heiraten und mit dem Engländer nach Neuseeland gehen werde. Er habe dort die Chance, eine Trekkingstation zu leiten, sie selbst könne als *Guide* und Dolmetscherin ar-beiten. Der Verlust ließ mich schon jetzt zittern.

Die Zwölf näherte sich in einem großen Bogen der Innenstadt. Am Stadttheater stieg ich aus. Ich schützte eine dringende Erledigung in der Sparkasse vor. Ich lief um den Herzoginnenplatz und stieg zehn Minuten später in der Welfenstraße in die nächste Bahn.

ICH WAR STOLZ. Die Anmeldungen für die beiden Leistungskurse sprachen für sich. Weit über die Hälfte der Schüler hatten sich bei mir eingetragen. Und in der Akademie des Bankenverbands waren meine drei Workshops über Soziale Kompetenz,

Kommunikation und Führung gut angekommen. Frederik hatte mir ein Theaterabonnement geschenkt, mich zum Vierzigsten außerdem ins *La Poêle* eingeladen und mir in der anschließenden Nacht ein sehr intimes Kompliment gemacht. Eins, das er noch nie einer Frau gemacht habe.

Die Zwölf überquerte auf der Franzosenbrücke den Fluss. Langsam, höllisch ratternd. Wie seit Jahrzehnten. Ich beobachtete die Frachtkähne, die mit den Jahren weniger geworden waren. Dafür schienen immer mehr Freizeitkapitäne ein Motorboot zu haben. Im Sommer war der Lärm an manchen Uferabschnitten unerträglich. Das in einer Zeit, in der auch meine Heimatstadt sich anschickte, endlich wieder ihren Fluss und dessen Ufer zu entdecken.

Ich musste unbedingt noch heute Sabine anrufen und für die Toskana-Tour absagen. Frederik hatte mir angeboten, mit ihm Ostern in seinem Haus oberhalb von Apt zu verbringen. Inmitten von unzähligen blühenden Kirschbäumen. Ich hatte gleich zugesagt. In meiner Neugier auf das Haus und in meiner Verliebtheit, die ich mir heute, mehr als zwei Jahrzehnte danach, nur mit Mühe erklären und überhaupt nicht mehr nachfühlen kann. Es war wohl der Versuch gewesen, noch einmal das Fenster weit aufzustoßen.

Auch beruflich. Ich überlegte, meine Abordnung an das Pädagogische Forschungsinstitut des Landes zu beantragen. Einfach um Abstand zum chaotischen Schulalltag zu bekommen und mich *einem* Projekt widmen zu können. Auch ein Sabbatjahr zog ich in Betracht, um einmal völlig abzuschalten. Ans Meer fahren, wann immer ich wollte. Einen Garten pachten, den Motorradführerschein machen. Petra in Auckland besuchen. Petra, die seit anderthalb Jahren alleine lebte.

In der Bahn wurde es jetzt laut. Ein gutes Dutzend Jugendliche stürmte den Wagen. Einheimische, wie man hören konnte. Aber auch zwei oder drei, die unverkennbar von drüben kamen. Thüringen? Sachsen? Ich kannte mich zu wenig aus. Ich war vor der Wende nur einmal in Dresden, nach 1990 öfter in Berlin, aber auch in Dessau, Leipzig und Eisenach gewesen. Das Bauhaus, Auerbachs Keller, die Wartburg. Wirklich lohnenswert. Der Osten überhaupt, also der Osten als solcher, reizte mich nicht.

Die jungen Leute krakelten. Einige prosteten sich mit Bierflaschen zu. Die beiden Afrikaner, die auf der anderen Gangseite gesessen hatten, standen kurz vor der Weiterfahrt abrupt auf und verließen die Bahn.

ZUM GLÜCK STANDEN DIE SOMMERFERIEN BEVOR. Ich fühlte mich ausgelaugt. Die vier Wochen in San Castello – dort hatte Sabine ein Haus gemietet – würden mir guttun. Zwei alt gewordene Frauen, Ruhe und guter Wein, ein Bad im Meer, laue Spätsommernächte auf der Veranda. Was wollten wir mehr.

Natürlich wollten wir mehr. Doch zu den Lehren des Lebens gehörte nun mal, zwar mehr zu wollen, als das Leben freiwillig bieten würde, doch nicht so viel, wie man selbst unmöglich ertragen konnte. Für Tanzabende im Casino und für zielstrebige Männer war in unserem Leben kein Platz mehr. Ein wenig Massage, ein gemäßigtes Diätprogramm, Ausflüge in die nahe Stadt und Spaziergänge zu den beiden Klöstern ließen sich durchaus bewältigen. Dazu Bücher und Musik.

Dort, wo früher, in meiner Kindheit und Jugend, das Kino *Rex* und in den Seitenstraßen geheimnisumwitterte Kaschemmen gestanden hatten, war ein neues Stadtquartier entstanden. Als Schülerinnen hatten wir hier neugierig, mit einem fiebrigen Zittern durch die Fensterscheiben geschaut. Heute war der Blick gelangweilt. Eine einfallslose Ansammlung von Wohnungen, Läden und Büros, die überall in der Stadt, ja in jedem Ort des Landes hätte stehen können. Ein kleiner Trost:

Die Haltestellen hießen immer noch Am Flur-graben, Fassgasse und Güterbahnhof. Schon mein über fünfzig Jahre dauerndes Leben lang.

Noch zehn Jahre. Eine Ewigkeit. Ich habe keine Vorstellung, wie ich diese Jahre einiger-maßen gesund überleben konnte. Eine Jogging-runde pro Woche? Weniger Wein? Mehr Gemüse? Weniger arbeiten, ohne sich eine Blöße zu geben? Weniger Engagement, mit dem Ergebnis, den hart erarbeiteten guten Ruf zunichte zu machen? Wie sollte ich jemals einen gesunden Mix aus all diesen kleinen Fluchten zustande bringen? Heute weiß ich, wie schnell zehn Jahre vergehen können, und wie sehr man mit der Zeit immer nur hoffen kann, dass sich das kommende Jahrzehnt für ein Ver-streichen im Schneckentempo entscheidet.

NOCH ZWEI STATIONEN. In meinem Alter wird man gern übersehen. Ich nehme meine Füße trotzdem vom gegenüberliegenden Sitzplatz. Wieder ein Sonnentag, doch das Sommerkleid war vielleicht eine etwas voreilige Wahl. Auch wegen des Aus-schnitts. Das seidene Halstuch aus San Castello verbirgt nichts. Die Sonnenbrille lässt sich mit Sehproblemen und dem Rat der Augenärztin erklären. Wer den leichten Duft von Marillenlikör in meinem Atem wahrnimmt, soll sich gern seine

Gedanken machen oder mich gleich zu einem Drink einladen. Und wer meint, ich müsse dankbar sein für all die zu erwartenden guten Worte, hat sowieso keine Vorstellung, was es heißt, die Schwelle übertreten zu haben.

Am Eleonorenstift, das seit einhundertfünfzig Jahren der Schule gegenüber liegt, steige ich aus. Die letzten zweihundert Meter. Ich habe es eilig, mein Schritt wird langsamer. Geist und Körper sind sich immer seltener einig. Die Direktorin, ihr Stellvertreter und ein Personalrat begrüßen mich. *Willkommen zum letzten Tag, Frau Doktor.* Ein Zettel am Haumeisterbüro weist den Weg zu Raum 24, zweiter Stock: *Empfang/ Verabschiedung. Bitte nehmen Sie die linke Treppe!*

Einladungen zu Weihnachtsfeiern, Grillfesten und runden Jubiläen verbitte ich mir. Auch Kegelabende und Tagesausflüge. Ich nehme mir vor, nur eine kurze Rede zu halten, ohne Anekdoten, ohne flache Witzeleien, ohne Anspielungen. Ein kurzer Abschiedsgruß. *Leckt mich am Arsch* werde ich denken.

Ich werde vielleicht in einem halben Jahr oder später manches vermissen, an manches schmunzelnd zurückdenken. Doch das würde mein Geheimnis bleiben. Das Portal der Schule, die vor anderthalb Jahrhunderten als Herzogliche

Lehranstalt für Knaben gegründet worden war, werde ich in einer Stunde zum allerletzten Mal durchschreiten. Das weiß ich.

Die Straßenbahnlinie 12 wird ihre Schleife drehen und zurückfahren. Nicht zum letzten Mal.

Editorische Notizen

Die erzählten Geschichten sind Fiktion. Figuren und Ereignisse sind frei erfunden. Ähnlichkeiten mit lebenden Personen und tatsächlichen Vorkommnissen sind der Wirklichkeit geschuldet.

Die kurzen Texte „Zeit im Zug", „Der Flötenspieler (Rue de Chabrol, 1970)" und „Tränen des Glücks" entstanden bereits in den 1990er Jahren und waren bislang unveröffentlicht. Sie wurden für diesen Band geringfügig bearbeitet und den heute gültigen Rechtschreibregeln angepasst.

„Aussortiert", „Das Muschelessen", „Clara", „Das blaue Boot", „Hau den Lukas!", „Ein Abend am Margarethenufer" sowie „Linie 12" wurden im ersten Corona-Jahr 2020 in Beg Léguer und Wiesbaden geschrieben.

Zu danken habe ich Jutta für ihre Zuverlässigkeit. Mein besonderer Dank gilt auch bei diesem Band Petra – für kritisches Lesen, Hinweise und ausdauernde Ermutigung.

Wer sich für meine bislang erschienen Romane, Erzählungen und meine Kindheitserinnerungen interessiert, sei auf die folgenden Seiten verwiesen.

Was der Autor dieser Zeilen sonst treibt, kann beispielsweise auf www.ae-texte.de erkundet werden.

Golle

Eine Kindheit in Goddelau (Ried)
1955 – 1965

Paperback, 106 Seiten, 9,90 Euro (ISBN 9783752629088)

Weitere Bücher von Albert Engelhardt

Die Villa am Rhein

Drei Erzählungen
2020
ISBN 9783751969949

Drei Paare sind in den Rheingau eingeladen, Illegaler Kunsthandel, die turbulente Zeit der Wende und ein düsteres Geheimnis spielen eine Rolle. Vergebliche Liebesmühe ist das Thema einer zweiten Geschichte, und die dritte erzählt von der Begegnung wildfremder Menschen und ist voller Kapriolen.

Blicke und Begegnungen

Erzählungen
2020
ISBN 9783750430945

Flüchtigkeit, die ein Leben verändern kann. Begegnungen, die unbemerkt bleiben. Neun Geschichten. Eine kurze gemeinsame Zugfahrt, ein ganzes Leben in wenigen Minuten erzählt, eine geheimnisvolle Bretonin und ihr junger Liebhaber, Alenka und ihre fünf dankbaren Männer, eine Bibliothekarin und ein Kirmesboxer. Vielfältiges Glück – im Schaukelstuhl, am Rheinufer, an der Côte de Granit Rose und auf Lanzarote.

Das andere Land
oder
Siesta am Kanakenbunker

Roman
2019
ISBN 9783741275760

Frankfurt-Bockenheim zwischen 1990 und 2015. Ein Straßenfest und ein feuchtfröhlicher Kneipenabend. Eine junge Polin verliert ihr Leben, drei Männer werden verhört. Fünfundzwanzig Jahre später ist der Tod immer noch nicht aufgeklärt. Ein dubioser Roman rührt „die alte Geschichte" wieder auf. Mit vielen Details. Die Vergangenheit holt die drei Männer ein. Und dies in einem Jahr, das die „Bockenheimer Szene" vor elementare Fragen stellt.

Wolkenschieber
oder
Drei Sommer am Cap

Roman
2018
ISBN 9783752828283

1977. Zwei Marburger Studenten und ihre Freundinnen verbringen in der Bretagne ihre Sommerferien. Die langjährige Freundschaft von Andreas und Benno zeigt Risse, Connie und Dora gehen ihre eigenen Wege.
1992. Illusionen sind zerstoben. Wendungen des Zeitgeschehens erzwingen neue Lebensentwürfe. Zweifel gewinnen die Oberhand. Die sonnigen Wochen am Cap Fréhel können Enttäuschungen und Zerwürfnisse nicht überdecken.
2007. Ein geselliger und vielstimmiger Abend beschließt den gemeinsamen Bretagne-Urlaub. Alte Freunde, neue Liebschaften, Wehmut und Abenteuerlust. Die Lebensgeschichten sind noch nicht zu Ende erzählt.